ダッシュエックス文庫

最強カップルのイチャイチャVRMMOライフ

温泉旅行編：繋いだ手だけがここにある

紙城境介

プロローグ　完璧な美少女と孤高の変人

完璧な美少女と聞いて、誰を想像する？

絶大な人気のアイドル？　誰もが知っている女優？　ゲームのキャラクター？

人によって様々だろうが、この学校において、それはたった一人を意味する。

「おい！　中庭に真理峰《まりみね》さんがいるぞ！」

昼休み。男子の一人がそんな風に叫んだ途端、「え？」「マジ？」「どこどこっ⁉」と、まるでＵＦＯでも現れたかのように、男女問わず窓際《まどぎわ》に人口が密集した。窓際の席に座る俺には迷惑極まりなかったが、今はデジタルカードゲームの次の手を考えるのに必死で、文句を言うどころじゃなかった。

「やべ」「今日はいい日だ……」「ハア〜」「遠目でも可愛すぎ〜！」「ほんとやばい」「彼氏いんのかな？」「あの可愛さに見合う男とかこの世にいんの？」

ちらりと視線を横にやれば、人垣の隙間《すきま》から、中庭のベンチに座る女子が垣間《かいま》見えた。

小柄な体格に誂《あつら》えたような、少し子供っぽいツーサイドアップ。ＣＧめいた目鼻の配置と、漫画から出てきたようなぱっちりした瞳。行儀よく閉じた膝《ひざ》や清楚《せいそ》な座り方、何気なくスマホを持つ手さえ見栄《みば》えがする。ほんのわずかな隙間からでさえ目を惹《ひ》く、それは理不尽なまでの美少女だった。

その女子の名前を、真理峰桜《さくら》という。

この学校で知らない奴はたぶんいない。テレビの中、あるいは漫画やアニメの中にいないことが不思議なくらいの美貌。そいつの周囲だけ世界観が違って見えると専《もっぱ》らの噂《うわさ》で、学年の違う俺のクラスでさえ名前を聞かない日はない。

つまるところ、こうして学校の昼休みに誰と話すでもなく、ゲームに熱中している俺とは何の関《かか》わりもない存在ってわけだ――

「あっ」

そうこうしているうちに時間が過ぎ去り、俺のターンが終わってしまった。ミスった！

「あっ！」「見た？　今の見た？」「笑った！」

その隙を見逃さず、対戦相手は手札を次々と使って、俺のライフをゼロにする。……あー、ちくしょう！　まだ勝ち目あったのに！

悶絶する俺に、対戦相手からトドメの煽り《ファン》メール。

〈私に見惚《みと》れてる場合じゃないですよ、先輩？〉

そう。

俺、古霧坂理央《こきりざかりお》と真理峰桜の間には、何の関わりもありはしない――

◆

孤高の変人と聞いて、誰を想像しますか？

シュールなお笑い芸人？　頭の良すぎる学者？　独特な感性の芸術家？

人によって様々だと思うけれど、この学校において、それはたった一人を意味する。

「あっ。あれ、古霧坂先輩です？」

「せやなあ。今日もゲームに夢中やなあ」

「そんで今日も桜ちゃんは人気だねー。さっすがー！」

中庭でのお昼の最中、ふとした会話の合間に、友達の視線が校舎の2階に伸びた。

彼女らがどこか呆《あき》れ気味に噂するのは、窓際の席に座る一人の上級生だ。

寝癖《ねぐせ》で跳ね気味の頭は櫛《くし》どころかドライヤーも使っていないことが丸わかり。別に殊更《ことさら》ブサイクというわけではないけれど、丸めた背中が第一印象を損《そこ》ねている。ならば陰気なのか、というえばなぜかそうでもなく――爛々《らんらん》と輝く瞳からは、今この瞬間が楽しくて仕方がないというような陽のオーラが眩《まばゆ》いまでに溢《あふ》れ出ていた。

その周囲には、彼自身以外には誰一人近付こうとはしない――まるで、彼の世界に踏み入るまいとするかのように。

その上級生の名前を、古霧坂里央という。

この学校で知らない人は、たぶんいない。ゲーマーというよりゲームオタク。いつでもどこでもゲームを手放すことはなく、現実の人間関係にはこれっぽっちも頓着《とんちゃく》しない。普通、そういう人は下に見られるものだけど、その姿があまりに自由なので、誰もがある種の畏怖《いふ》を持って距離を取る。そのせいで『ゲーム王子』なんて仇名《あだな》があったりして。

つまるところ、こうして昼休みに平々凡々と、限られた友達とお昼を食べている特徴のない私とは、何の関わりもない存在というわけだ――

「あっ」

対戦相手のターン時間が終わってしまって、私は思わず笑ってしまった。

「どうしたんですか、真理峰さん？」

「いえ――」

私は素早く操作を終えると、携帯端末で口元をそっと隠す。

そして校舎の2階、窓際の席の上級生を見上げて、端末の裏でこっそりと唇を緩《ゆる》ませた。

「――確かに今日も、夢中だなと思って」

そう。

私、真理峰桜と古霧坂里央の間には、何の関わりもありはしない――

——少なくとも、現実世界《このせかい》では。

——少なくとも、現実《この》世界では。

Magick Age Online

Library

TIPS 01

フルダイブ・バーチャル・リアリティ

FdVR。五感没入型仮想現実。人間の五感を理工学的に刺激し、実質的に現実に等しい環境を作り出す技術。ユーザーの意識を絶つことなく、主に視聴覚への刺激によって人工環境に没入させる従来型のVRを《ハーフダイブVR》あるいは《ハーフVR》と通称するのに対し、ユーザーの意識を完全に絶ち、五感すべてを刺激することでより没入感を高めたものを《フルダイブVR》あるいは《フルVR》と通称する。

TIPS 02

マギックエイジ・オンライン

公式ジャンル名は《ノンフィクションRPG》。略称はMAO。一つの人工世界にプレイヤー全員が五感没入(フルダイブ)してプレイするゲーム。すべてのプレイヤーがメインストーリーを共有することが最大の特徴であり、プレイヤー側の進行度に応じてアップグレードが行われる。現行バージョンは3.3。

The strongest Couple flirting VRMMO LIFE

第1話　リアルじゃ秘密のVR同棲

両手に提《さ》げた布袋の中で、回復ポーションの瓶がガチャガチャと鳴る。

急勾配《きゅうこうばい》の丘をだらだらと階段で登りながら、俺は《フロンティアシティ》の空を見上げた。

現実は午後五時、真冬の今だと日も落ちる時間帯だが、MAO《こっち》の世界では朝の澄んだ空気が満ちている。両手の荷物のずっしりとした重みと、それによって生じた敏捷性《AGI》の下降補正さえなければ、もっと清々《すがすが》しい気持ちになれただろう。

ったく……昼休みに勝ったからって、いきなり買い出し押しつけやがって。

いつもいつも思うんだが、あいつには年上への敬意というものが感じられない。

階段を登り切り、石畳の街道をしばらく進むと、丸太造りの一軒家が見えてきた。

あいつにあれこれと注文されて建てた、俺たちのプレイヤーホームだ。

俺は両手が塞《ふさ》がった状態で何とか扉を開き、玄関から中に叫ぶ。

「おおーい！　買ってきたぞー！　都合よく後付けで罰ゲーム作りやがって！」

返事がなかったので靴を脱ぎ、廊下を通ってリビングに向かう。

広いウッドデッキに繋《つな》がっているリビングには、二人で使うには少し大きいソファーセットがある。同居人の姿を求め、俺はそのソファーを背もたれ越しに覗《のぞ》き込んだ。

「うぁー……」

巫女《みこ》装束《しょうぞく》のような紅白色のローブを羽織った、ツーサイドアップの少女。

現実では教師にもウケのいい黒髪だが、こっちでは桜のようなピンク色だ。

なまじリアルの見た目が優れていると弄《いじ》り甲斐がないのか、それ以外は現実の本人そのものの姿が、仰向けに寝そべって目の上に腕を置き、謎の呻《うめ》き声を発していた。

俺は無言で、荷物を詰めた袋を一つ床に置き、空《あ》いた手でポーションの瓶を取り出した。

結露《けつろ》しているそれを、寝そべっているそいつの首筋にピトッと押しつける。

「――ひゃあっ⁉　……あだっ！」

驚いたそいつは、ソファーとローテーブルの間に転げ落ちた。

大きな目をぱちくりと瞬《しばた》いて、俺の姿を捉《とら》える。

「よう」

「なっ……にゃにするんですかあっ‼」

そいつ――本名・真理峰桜《まりみねさくら》、キャラネーム・チェリーは、不満げに叫びながら跳ね起きた。

こいつには焦《あせ》ったり怒ったりすると地味に噛む癖《くせ》があるのだ。

「人に買い出し押しつけといて寝てるからだろ」

「先輩が私に見惚《みと》れて負けたのが悪いんでしょう？」

「見惚れてないって言っててんだろ！　むしろ見飽きたまであるっつの！」

「へえ？　本当ですか？」

くすりと悪戯《いたずら》っ気のある笑みを浮かべると、チェリーはぐいっと俺に顔を近付けた。

CGで再現したものでありながら、しかしリアルでのそれとほとんど変わらない大きな瞳が、じっと俺の顔を覗き込む。瞳を縁取《ふちど》る長い睫毛《まつげ》や、丸みを帯びた頰、そして潤《うる》みのある唇が間近に見え、俺は思わず息を止めた。

「ふふっ。先輩、意外と睫毛長いですね？」

「………ただのアバターだろ」

「ええ、ただのアバターです。……だったら、どうして息を止めるんですか？」

お前の髪からいい匂《にお》いがするからだよ——とは言えずに、俺は顔を逸《そ》らした。

チェリーはくくっと勝ち誇った忍び笑いを漏《も》らすと、

「ほら、先輩。買ってきたやつ貸してください。整理は私がやりますから。……私に見惚れるのは構いませんけど、あんまり夢中になってるとクエスト行く時間がなくなっちゃいますよ？昼休みのときみたいに！」

「……うるせー」

チェリーは機嫌良さそうに笑い、俺が手渡した袋を持って、リビングの隅にある収納箱《チェスト》のほうへ向かった。

俺たちは、学校では一言も話すことがない。どころか、学年が違うからすれ違うことさえほとんどない。接点といえば、俺の妹が真理峰のクラスメイトだってことくらいだ。

だが、意識を仮想世界に完全没入させて遊ぶこのゲーム――フルダイブ型VRMMORPG《マギックエイジ・オンライン》では、もう2年近くに亘《わた》ってコンビを組んでいた。

学校でもゲームばかりやっている俺と、誰もが目を留める校内一の人気者であるこいつ――誰が見たってちぐはぐな俺たちだが、ゲームに関してはなんだかんだでウマが合い、今ではこうして、同じプレイヤーホームを共有するにまで至っているのだった。

……二人で同じ家に住んでいるのは、プレイヤーホームの機能の一つである大容量アイテム倉庫が便利な一方、家を建てられる土地が限られているからであり、決して同棲《どうせい》なんて上等なものではない。別に寝泊まりするわけじゃねえし。

俺はさっきまでチェリーが寝転がっていたソファーに腰を下ろしつつ、

「それで？」

「はいー？」

チェリーはチェストにポーションの瓶をぽいぽい放り込みながら答える。

「今日は何するんだっけ？　なんか新しいクエストを見つけたって言ってたよな」

「そうですそうです。見つけたっていうか、見つけられそうって感じなんですけどね。ナイン山脈をちょっと入ったところにノンプレイヤー村があるのは知ってますよね？　そこの村長の娘さんが意味深《いみしん》なことを言うんですよ」

「ふうん……村長の娘……」

　可愛いのかな？

「……先輩、今、『可愛いのかな？』って思ったでしょう」

　チェリーが急にぐるりと振り返って、ジトッとした視線を送ってきた。

　リアル読心スキルやめろ。

　俺はそらっとぼけることにした。

「証拠はおありかな」

「証拠は……ありません」

「ふっ……大した妄想じゃないか。探偵から作家に転職したらどうかね」

「ただしこちらに、口元が緩《ゆる》んだだらしない先輩を映した動画が」

「あるじゃねえか‼」

「『嫁候補を見つけたキモオタの図』っと……」

「ツイートするな‼」

　俺が腰を浮かせた瞬間、チェリーはウインドウを操作しようとした手を止めて、

「やっぱり、先輩のだらしない顔は独り占めしておきますね？」

「おっ……おう……」

　思わず浮かせた腰を戻してしまったが、いやいや、いつもここで引き下がるからこの女が付

け上がるのだ。

「……っていうかお前、俺の表情について詳しすぎだろ。さっきの情報だけで読心できるか普通？」

今度は俺がジト目を送る番である。

チェリーの目がすいっと斜め下に泳ぐのを、俺は見逃さなかった。

「……私が先輩の顔をずっと見てるとでも言いたいんですか？　これだから嫌ですねっ、モテない人は！　すぐに勘違いするんですから……」

「ふう～ん」

チェリーは「おほん！」と咳払《せきばら》いをした。

「話を戻しますよ！」

「はいはい。ナイン山脈の村の娘が意味深なことを言うんだっけ？」

「そうです。『あるもの』の存在を、それとなく匂わせてくるんですよ」

「『あるもの』？　勿体《もったい》ぶりやがって。ナイン山脈っつったら今の最前線――最大の激戦区だろ？　エリアボスの攻略情報か、分岐ルートに繋《つな》がる隠しダンジョンか――」

「……えー、まあ、それがちょっと違ってですね……」

なぜかチェリーは窺《うかが》うように俺を見て、『あるもの』の正体を告げた。

「…………山のどこかに、温泉があるらしいんですよ」

第2話　ゲームの車窓から

「あっ……！　うそっ、チェリーちゃんだ！」

ウィザード風の女の子に笑って手を振ってあげながら、私たちはフロンティアシティ南西商店通りをまっすぐ抜けていく。プレイヤーやＮＰＣ《ノンプレイヤーキャラクター》がごった返して行き交う大通りの果てに見えるのは、ガラス張りの壁が目立つ近代的な建物だ。

フロンティアシティ駅。《ポータル》を擁《よう》する中央砦《とりで》と並ぶ、この街の玄関である。

「北に行くのに毎回駅まで来なくちゃいけねえの、めんどくせえよな。通学みたいで」

「ポータルが領地《エリア》ごとに一つしかないんですから仕方ないじゃないですか。それに、私は好きですよ、機関車通勤。《鉄連》の人たちはセンスがありますよね」

「まあ、山手線《やまのてせん》とかじゃなくてＳＬにしてくれたのはマジでＧＪ《グッジョブ》だよな」

ＭＡＯバージョン３最大の目玉、《プレイヤー国家システム》。プレイヤー自らが未開の地を開拓し、国家を運営できるこの機能の魅力を充分に発揮するため、ＭＡＯには超高機能な物作り《クラフト》システムが実装された。

この駅もその結晶だ。午前の日を受けて輝くガラスは生産系プレイヤーが砂から作ったものだし、モダンなドーム状の天井は建築系プレイヤーが一から設計したものだ。もちろん鉄道も、線路の敷設《ふせつ》から車両の製造、運行ダイヤの設定に至るまで、《鉄オタギルド連合》略して《鉄連》という人たちが趣味で作り上げたものである。

同じような技術の結晶が、今やこの世界――《ムラームデウス島》のあちこちにある。元は中世風だった世界が、たかが1年足らずで近代レベルになってしまったんだから、つくづくオタクパワーというのは侮《あなど》りがたい。

私と先輩は駅舎に入ると、アイテム・メニューから売買画面を開いて切符を買う。

改札を抜けて向かうのは4番線。黒光りする武骨な車体に大きな煙突を備えた蒸気機関車が、ちょうどホームに停まっていた。午後4時33分発、ナインゲート行き。

次々に列車に呑み込まれていくのは、全身を煌《きら》びやかなレア装備で固めた上級者ばかりだ。レベルは80台から100オーバーまで。これは今のMAOでトップクラスの数字である。

「皆さん精が出ますね。まだ夕方なのに」

「最前線へ向かう路線だしな。ナイン坑道で手こずってるんだろ？」

「案の定、めちゃくちゃ広いらしいですね。この人数でマッピングして何日もかかるって、Nanoも容赦ないっていうか」

Nanoっていうのは、MAOを運営しているゲーム会社のことだ。大企業の出資を受けたベンチャー企業で、今のところMAO関係の事業しか展開していないらしい。

行列に並んで、汽車の中に乗り込む。

ホームの人混みに比して、中は空《す》いていた。客車が広いんじゃなくて、人数が明らかに減っているのだ。

汽車などの乗り物系は大体の場合、レイヤー構造になっている——要するに同じ見た目の異空間をいくつも用意して、乗客を振り分けているのだ。だから収容人数は見た目の何倍もあり、混雑することもない。現実の電車にもぜひ実装してほしい機能だった。

客車内には、四人掛けのボックス席が通路を挟んで並んでいる。

私たちは誰も座っていない席を見つけると、向かい合う形で腰掛けた。

「いつも思うんですけど、ちょっとクッション硬くありません？」

「フッ……硬いのはクッションとお前の尻、果たしてどちらかな……」

「触ってみますか？」

「…………!?」

「クッションのほうを」

「うがっ……！」

先輩が少し赤くなって、悔しそうに顔を歪《ゆが》めた。

私はくすくす笑う。

学校では孤高のゲーマーを気取っている先輩だけど、からかってみるとこれがなかなか面白い。リアクションがわかりやすいし、たまに反撃しようとしてくるのもプライドの高い小型犬みたいで嗜虐心《しぎゃくしん》がくすぐられる。

先輩は頬杖《ほおづえ》をついて顔を隠しつつ、視線を窓の外に逃がした。

拗《す》ねちゃったかな？

私は一計を案じて、少しばかり喉《のど》の調子を整えた。

「そんなに拗ねなくても。……少しだけなら本当に――」

チラッと先輩がこっちを見た。

私はにやにや笑った。

先輩は頭を抱えた。

「うがあーっ‼」

「あははは！　学習しませんねー、先輩？」

そうこうしていると、列車はゆっくりと加速し始めた。

窓外から街並みが消え、緑の草原が広がった頃、連結部分への扉からワゴンが入ってくる。

「お飲み物はいかがですかー」

ワゴンを押しているのはメイド少女のＮＰＣだ。

なぜ機関車にメイドなのかは置いておいて、ちょうど口が寂《さび》しいと思っていたところだった。

他の乗客の注文に応《こた》えながら近くまで来たメイドワゴンを、私は呼び止める。

「すいません、コーヒー一つ。……先輩は？」

「俺もコーヒー。ミルクありで」

「割と舌がおこちゃまですよね」

「やかましい」

陶器のマグに入ったコーヒーをメイドから受け取る。

チャリーンと音がして、所持金から代金が自動で減った。

「VRのコーヒーは胃が荒れないから好きです」

手を温めるようにマグを持ち、ちびちびと湯気の立つコーヒーに口をつける。香《かぐわ》しい苦味が口の中に広がった。相変わらずMAOの味覚エミュレートは精度が高い。

先輩もミルク入りコーヒーを啜《すす》りながら、

「俺も、こっちの温かい飲み物は眼鏡が曇らないから好きだ」

「そうですね。よく見えますもんね」

「ああ」

「可愛い後輩の顔が」

「……日常会話に罠《わな》を張るなよ」

「え？　でも先輩にとって、私の顔以上によく見るべきものなんてありませんよね？」

「あるよ！　そりゃいろいろと！」

「へえ～。私の肩とかですか？」

「俺の目はお前の肉体以外も視認できるんだよ！　見ろ、この大自然を！」

そう言って、先輩は車窓の外を指差した。

緑色のなだらかな丘陵《きゅうりょう》がどこどこまでも続いている。山だらけの国に住む日本人には物珍しい光景だ。地平線にはいくつか街の影が見えた。距離と規模からして、別エリアの首都だろう。

ひときわ目立つのは、私にとって忌《い》まわしい街だった。

巨大な城と巨大な像が屹立《きつりつ》する街だ。尖塔《せんとう》がいくつも伸びる西洋風の城の隣に、それと同じくらいの高さの、美少女を模《かたど》った巨像が聳《そび》えているのである。

「目立つなー、あの街……」

「見ちゃダメです、先輩！　目が毒されますよ！」

「何スキルだ。ほんとUO姫のこと嫌いだな。同族嫌悪？」

「誰が同族ですか！　私はあんなに声高くありません！」

あの牛久《うしく》大仏みたいな美少女像の街は《プリンセスランド》と呼ばれている。《アルティメット・オタサー・プリンセス》、略して《UO姫》というバカみたいな仇名《あだな》の女が治める街だ。

何を隠そう、あの美少女像こそ、そのUO姫を模ったものである。小学生みたいな低身長に牛みたいな巨乳をぶら下げ、フリルだらけのロリィタ服を纏《まと》うという、オタク受け以外のすべてを捨てたような痛々しいアバターだ。長座体前屈できなさそう。

ぼーっとあの女の像を眺める先輩を見ていると、何だかムカムカしてきた。

「先輩、ちょっと横にどいてください」

「あん？」

私はすっくと席を立つと、先輩を通路側に動かして、空《あ》いたスペースにどすっと座った。

先輩と車窓の間に割り込むように。

戸惑《とまど》うように瞬《まばた》きする先輩の目を、私はかすかに笑いながら覗《のぞ》き込んだ。

「これで窓の外は見れなくなりましたね？」

「……なんでだよ。お前の顔がちょっと邪魔ってだけだろ」

「そうですね。先輩の目は、私以外も視認できるらしいですし」

言いながら、じいっと先輩の目を見る。見る。見る。

「……くそっ」

やがて小さく毒づいて、先輩はふいっとそっぽを向いた。私を視界から閉め出すように。

——やっぱり、私を一番に見てくれるんじゃないですか。

という台詞《せりふ》が脳裏を過《よ》ぎったけれど、私は忍び笑いを漏《も》らすに留《とど》める。

そんなのは、今更言うまでもないことだ。

TIPS 03

ムラームデウスの息吹

マギックエイジ・オンライン：バージョン3のサブタイトル。《プレイヤー国家システム》を最大の目玉とするバージョンで、プレイヤーたちは魔族に支配された《ムラームデウス島》を南部から開拓していき、北の果てにあるとされる《精霊郷》を目指す。

TIPS 04

領土／エリア

ムラームデウス島の行政区分。すべてのエリアにはエリアボスが存在し、それを倒すことでワープ地点となる《ポータル》が出現する。ポータルはエリアの心臓でもあり、モンスター襲撃イベントによって破壊されると陥落状態となり、エリアボスが再出現する。ただし、《クロニクル・クエスト》に関わるボスは再出現せず、代わりのボスが出現する。

TIPS 05

プレイヤー国家システム

エリアボスを倒したプレイヤー、もしくは《クラン》には、そのエリアの領有権が与えられる。領有権を持つと、そのエリアの法律を定めたり、NPCショップの価格を決めたり、《公共クエスト》を発注したりすることが可能になる。一方で、領内のNPCショップの運営資金を負担する必要があり、資金が足りない場合、国債を発行して借金をすることになる。

TIPS 06

フロンティアシティ

《クロニクル・クエスト》の攻略集団、通称《フロンティア・プレイヤー》たちが築き上げたクエスト攻略用の街。フロンティアシティと呼ばれる街はその時々によって変わり、バージョン3．3現在は《ナイン山脈》南側入口に接するエリアに存在する。必要に応じて無秩序に施設を建造するため、その街並みは複雑怪奇になりがちで、非常に迷いやすい。

第3話　カップルじゃないけどカップリング営業はする

ナイン山脈の入口に位置するナインゲートの村は、その防衛力の低さと《人類圏外》との距離の近さから、定住するプレイヤーはほとんどいない。何せこのゲームじゃあ、泊まっている宿屋が破壊された場合にもペナルティが発生するからな——なもんで、この村はクエスト前の集合場所に利用されることが多い。

まさにそれだった。

寂《さび》れた雰囲気の無人駅を出ると、一目でレアものとわかる装備に身を包んだプレイヤーが、10人以上屯《たむろ》していた——まるで修学旅行だな。それで言うと、引率の教師のような立ち位置で点呼を取っていたプレイヤーが、俺たちに気付いて声を上げた。

「あっ、撮れ高発見」

人を人とも思わない呼び方をしたその声は、しかし爽《さわ》やかで耳触りがいいせいで腹が立たない。声質がいいって得だなと思わせてくれるイケメンボイスだ。

銀の鎧《よろい》に赤いマント、典型的な勇者装備を臆面もなく着こなした少年だった。

そいつは呼んでもないのに俺たちに近付いてくる。その頭の後ろには、カメラのレンズのような目をした妖精がひらひらと随伴《ずいはん》していた。

「ケージ君、チェリーさん、お疲れ様。ちなみに訊《き》くんだけど、これ、配信に載《の》せても大丈夫なシーンかな？」

「もうすでに載ってるだろ」

俺はそいつの背後に飛ぶ妖精を見ながら言う。それは《ジュゲム》と通称されている。ＶＲゲームの録画や配信をするときに飛ばす、つまりはカメラだった。

俺のツッコミに、少年は「まあね」と言って、推理小説の登場人物みたいに肩を竦《すく》める。

この芝居がかった仕草が妙に似合う奴はセツナと言う。

ＭＡＯを主《おも》な活動場所とするゲーム配信者――ゲームのプレイ模様を動画サイトで生放送する奴のこと――で、その中でもトップクラスの人気の持ち主だ。オープンβ《ベータ》テストからの古参で、俺たちとも前々から面識があった。

チェリーは呆《あき》れ顔で嘆息《たんそく》して、

「というか、私たちには配信に載せたらダメなシーンなんてないんですけど。それってどういうシーンですか」

「じゃあ訊くけど、二人とも、これからどこ行くの？」

「「…………………」」

「ほら言えないじゃん！」

と鬼の首を取ったように言って、セツナは笑った。

いや……VRとはいえ、男女で温泉に行くのをアピールするって、なんか感じ悪いじゃん……。それだけだし……。

セツナのよく響く笑い声に釣られてか、修学旅行生のように集合していたプレイヤーたちが俺たちに気付き始めた、

「あっ⁉　ケーチェリだ！」「えっえっ、本物⁉」「あっあっ……実在……実在してる……」

口々に続くこそこそ話に、俺はげんなりとする。

セツナのように、MAOは配信している奴も多い。その上に《クロニクル》まであるから、俺とチェリーのことを知っている奴は、俺たち自身が思う以上に多いのだ。

しかも、俺たちの関係を邪推して勝手に盛り上がる奴も多くて……まったく、生身の人間に妄想を押しつけるなよ。せめて見えないところでやってくれ。

居心地の悪さを感じる俺を見て、チェリーがにやっと笑った。

悪い予感。

と思った直後――くいっと腕を引かれ、耳にチェリーの息がかかった。

「な……なんだよ？」

「(ちょっとしたファンサービスです)」

囁《ささや》き声が耳に染《し》み入る一方、野次馬が色めき立つ。

「きゃあっ⁉」「顔近っ！」「あぁああっ、推《お》しがこしょこしょしてるぅ……！」

「(妄想されちゃってますね、先輩？　私、何を言ってると思われてるんでしょうね？　当ててみてくださいよ。私がなんて囁いてたらキュンとしますか？)」

「やかましい」

「あうっ」

非常にウザかったので、額《ひたい》を指で突き放してやった。

これで鬱陶《うっとう》しい視線もなくなるかと思ったが、

「きゃあぁーっ！」「つんってした！　つんって！」「可愛いい～っ！」

……あれぇ？

チェリーはつつかれた額を手で押さえつつ、からかうように口角を上げた。

「なかなかうまいじゃないですか、先輩」

まったく嬉しくない！

目の前でチェリーのあざといカップリング営業を見届けたセツナは苦笑いを浮かべる。

「なんか料金払ったほうがいいかな？」

「いえいえ、サービスですので。……でもまあ」

チェリーは俺を一瞥《いちべつ》して、

「ただの、サービスを、あまり真に受けないでくださいね？」

確信的に、言葉の一部だけが強調されていた。

　俺は溜め息をつくように呟《つぶや》く。

「……言われなくても」

「あれあれ？　先輩には言ってないんですけど？　……もしかして～……」

「真に受けてねえっつの自意識過剰か！」

　エサを見つけた魚みたいに食いついてきやがって！

　そのとき、くっくと笑みを押し殺していたセツナが、「あっ」と不意に声を上げてカメラ《ジュゲム》のほうを見た。

「投げ銭ありがとう！　今の分はこの二人にバイト料として振り込んでおくね！」

「いらん！」「いりません！」

　今のは営業じゃねえぞ！

　偏向報道に抗議していると、駅のほうから4人の少女が小走りにやってきた。

「すみません！　遅れまし――あれっ、チェリーさんにケージさん？」

　その先頭、清楚《せいそ》な黒髪ロングに聖歌隊のような純白のケープを纏《まと》った少女が、俺たちを見てぱちぱちと目を瞬《しばた》いた。また知り合いのお出ましだ。

「今日はお二人も一緒なんですか？　珍しいですね、いつも二人きりなのに」

「いえ、私たちはたまたま通りかかっただけです。それと、私たちがいつも二人なのは、どこかの先輩が一人ではまともに人と話すことさえできないからですよ、ろねりあさん」

「できないんじゃねえよ。やらないんだよ」

「そうですねー、偉いですねー」

「さては1ミリも聞いてねえな？」

くすくすと口に手を当てて笑うろねりあは、セツナと同じくMAO配信者で、こちらもオープンβ《ベータ》からの古参だ。実のところ、MAOのトッププレイヤー――最前線組と呼ばれる連中の中では、配信しない人間のほうが少数派だったりする。

ろねりあはセツナほど大手ってわけじゃないが、世にも珍しい女子高生4人組VRゲーマーとして一定の知名度があった。彼女の後ろにいる3人――鍔広《つばびろ》の魔女帽子を被《かぶ》ったショートカットの少女や、鎧でかっちり全身を守ったポニーテールの高身長女子、そして全裸にビキニアーマーという正気を疑う格好をしたツインテールの女が、ろねりあのパーティメンバーである。

セツナがぎこちなく手を上げながら、ろねりあに話しかけた。

「あ……ろねりあさん。さっき、ちょうど点呼したところだから、えーと……」

「ギリギリセーフでした？　よかった……」

「うん。そう。セーフセーフ。…………………」

「………………」

「……今日、いい天気だね」

話題が尽きるのが早すぎる。

「セツナお前、それが知り合って2年の人間との話し方か？」

「いつになったら慣れるんですか。先輩じゃあるまいし」

「うっ、うるさいなあ！　女性配信者との距離感は難しいんだよ！　君たちはＳＮＳで脅迫文を送りつけられたことがないからそんなことが言えるんだ！」

「うちのリスナーがごめんなさい……」

「あっ⁉　ろ、ろねりあさんのせいじゃないよ？　ほんとに！　気にしてないから！」

「あー、泣かせたー」「責任取れ責任ーっ！」「プロポーズしろーっ！」

「あーもううるさいうるさい！　君らがそうやって面白半分で煽《あお》るから──！」

セツナは端整な顔を赤くして、「せーきーにん！　せーきーにん！」と小学生みたいな煽り方をする自分のリスナーを宥《なだ》めすかす。その後ろで、ろねりあは困ったように笑っていた。

ふむ、とチェリーがしかつめらしく唸《うな》る。

「参考になりますね、先輩」

「何のだよ」

「私もたまには初々《ういうい》しくしてあげましょうか。……あの、先輩、……えっとぉ……」

「うわキモ」

「はあー⁉」

ばしばしと肩を叩《たた》いてくる手を、俺は片手で防ぎ続けた。

第4話　変な人に絡まれる

「――GIIィィィィィィィィィィィッ‼」

切り立った崖《がけ》の上から、両手に長い鉤爪《かぎづめ》を持つ人型の怪物が躍《おど》りかかってくる。

筋骨隆々《りゅうりゅう》の巨体にピーマンのような緑の肌――山岳環境に適応したゴブリン・タイプのモンスター、《マウンテンゴブリン》だ。

狭隘《きょうあい》な坂道にドスンと着地したムキムキの怪物は、フシュウッと鼻息を噴きながら私に目を付ける。けれど、その前に先輩が音高く背中の剣を抜いた。

剣の銘《めい》は、《魔剣フレードリク》。

オープンβ《ベータ》テストでとあるNPCから託されて以来、ずっと先輩の相棒であり続けている、世界に1本しかないユニークウエポンだ。

魔力の光沢《こうたく》を帯びた刃《やいば》がきらりと輝いた瞬間、マウンテンゴブリンがぐっと足を曲げ、

「第三ショートカット《キャスト・スリー》発動！」

同時、先輩がショートカット・コマンドを詠唱《えいしょう》していた。

呼応するように魔剣が紅蓮《ぐれん》の炎を纏《まと》う。先輩のアバターは一時的にシステムに委《ゆだ》ねられ、武道の演武にも似た流麗な動きで、炎を宿した剣を足元から頭上まで鋭く斬り上げた。

刀剣系体技魔法《焔昇斬《えんしょうざん》》。

火の粉が描く半円の軌跡の先端に、まるで吸い寄せられるかのようにして、飛びかかってきたマウンテンゴブリンが激突する。赤いダメージエフェクトの光が、ズバンッ！　と正中線上に走り、巨体のゴブリンは悲鳴を上げながら地面を転がされた。

飛びかかり攻撃を完璧に読みきった対空攻撃。

いつもながら異常な直感の鋭さだ。未来でも見えてるんじゃないだろうか。

なんて、口に出して褒《ほ》めたりすることはもちろんなく、私は先輩の後ろに下がりながら抗議の声を上げた。

「まったく！　こんな雑魚《ざこ》、本当は無視できたのに！」

「わぁってるよ！　だから1体片付けただろ！」

直後、ドスン！　ドスン！　と続けざまに2体の巨軀《きょく》が、先輩の前方に降り立った。

事は、ナインゲートの村からナイン山脈に入った直後に起こった——先輩が、自分より弱いモンスターとの遭遇を防ぐスキル、《魔物払い》を着け忘れていたのである。

ナイン山脈は未攻略領域——《人類圏外》であるとはいえ、レベル100オーバーの私たちにとってはとっくに通過した場所。だからエンカウントは最小限にしようと思っていたのに
……スキルの着け忘れなんて、初心者同然のミスでしょ！

「そんなことだからテストでも私に勝てないんですよ？」

「学年が違うだろうが！　いちいちイキるんじゃねえっての！」

喋《しゃべ》りながらも、私は右手に携《たずさ》えた杖《つえ》――《聖杖《せいじょう》エンマ》を構えた。

新たに降ってきた2体のマウンテンゴブリンの後ろで、先輩に吹っ飛ばされた最初のやつが起き上がろうとしている。だけど、ダメージ的にもう虫の息だろう。全体攻撃に巻き込めばトドメを刺せる。前の2体は先輩に相手させるとして――

狙いをつけて、私は唱えた。

「第四詠唱――《ギガデダーナ》‼」

声を聞くなり、先輩が頭を下げた。直後、聖杖エンマの先端から無数の稲妻が放射状に撒《ま》き散って、その頭上を飛び越える。

私が5枠のショートカットから選んだのは、雷属性の上級範囲攻撃魔法――下手《へた》をすると味方を巻き込んでしまうこともあるけれど、こと戦闘において、先輩が下手を打つことはない。戦闘においてはね！　戦闘においては！

放射状の稲妻は3体のゴブリンに蛇のように絡《から》みついて、うち1体を死亡エフェクトの紫炎《しえん》に包ませた。残り2体についても、パチパチと帯電エフェクトが生じる。雷属性は他の属性に比べて威力が低い代わりに、敵を麻痺《まひ》状態にできる可能性があるのだ。

「はい！　先輩、ゴー！」

「年上を犬みたいに使うな！」

不服そうに言いながらも、先輩は目で追うのも難しいくらいの速度でマウンテンゴブリンたちの懐《ふところ》に斬り込み、矢継ぎ早の二太刀《にたち》で2体の喉笛《のどぶえ》を引き裂いた。

ゴブリンたちが紫の炎に焼き尽くされる中、先輩は背中の鞘《さや》に魔剣を戻す。

私はその背中に近付くと、そのうなじをびしりと手刀で叩いた。

「痛《い》てっ！」

「油断しすぎですよ、先輩。まだ入口とはいえ、ここも人類圏外なんですからね。MAO最大の危険地帯なんですよ？」

「悪かったって。最近、他のスキルをいろいろ上げてたから外してたんだよ。ほら、《魔物払い》って3枠スキルだろ？」

スキルスロットの枠数は限られているから、わからないでもないけど。

「いま気付いてよかったですよ。マウンテンゴブリンだから簡単に片付きましたけど、これが《シビレハリネズミ》とかだったら――」

「めんどくせー。麻痺に手間取ってる間にうじゃうじゃ集まるからな」

「――可愛くて倒せないじゃないですか！」

「知るか！」

「なんて冷血な先輩なんでしょう。つぶらな瞳に丸っこい身体……キョドってるときの先輩と同じくらい愛くるしいのに……」

「感性が完全にいじめっ子なんだよ、お前。大体だな、あいつら可愛い見た目して結構怖いんだぞ。マヒって完全に動けなくなった奴が巣穴までお持ち帰りされて晩ご飯になりかけたって話まであるくらいだからな」

「男子からの告白はことごとくはねのけてきた私ですけど、あの愛くるしさならお持ち帰りもやむなし……」

「はあ？　それだとキョドってる俺にもお持ち帰りされていいことになるけど」

あっ、そうか。

私をしっかり自分の部屋に連れ込んでおきながらキョドっている先輩が、あまりにも簡単に想像できすぎて、ちょっと恥ずかしくなった。ありそう。いや、先輩にお持ち帰りなんて有り得ませんけど。ヤバい。私がキョドりそう。

私は咄嗟《とっさ》にしなを作り、緩《ゆる》く握った拳《こぶし》を口元に当てながら上目遣《うわめづか》いで先輩を見た。

「ちょっと……いきなり、そんな、お持ち帰りとか……私にも心の準備ってものが……」

「お前、困ったらぶりっ子すんのやめろや！　俺だけ社会的ダメージを負うんだよ！」

先輩にはそんなの気にしてほしくないんですけどね。好きにしてくださいよ。あ、いや、そういう意味じゃなくて……。

「――あれ？　なんだこれ？」

不意に、先輩の目が、マウンテンゴブリンの死体があった地面に向いた。

何かアイテムが落ちている。あれって……ノート？

「なんだこの世界観ガン無視の大学ノート……」

「マウンテンゴブリンのドロップ品にそんなのありましたっけ？」

先輩がノートを拾う。表紙にタイトルらしきものが書かれていた。

――『フラグメント』。欠片《かけら》……？

先輩が首を傾《かし》げながら開いたので、私もちょっと背伸びをして、横から覗《のぞ》き込んだ。中にはびっしりと文字が綴《つづ》られている。どうやら何かのメモに見えるけど……。

「いくつか見出しがありますね」

「『無人島のダークエルフ』……『闘技都市に舞い降りた天才少年』……『シナリオから解き放たれたＮＰＣ』？」

何だか薄っすらと見覚えのあるワードだ。ＭＡＯの出来事をメモったものみたいに見える。どれも噂《うわさ》や都市伝説レベルだけど、その情報量には凄《すさ》まじいものがあった。

「そういえば、ゴブリン系統って《窃盗《スティール》》を使ってきますよね？」

「ん？　ああ。成功率がレベル依存だからほとんど喰らったことねえけど。……あ、このノートもしかして」

このノートは明らかにプレイヤーの持ち物だ。

それを盗んだマウンテンゴブリンを、たまたま私たちが倒した、ということでは……？

　ううん、と先輩は唸《うな》る。

「ないとは言えない……けど、こんな最前線まで来るような奴が、ゴブリンにアイテムをパクられるなんて初心者みたいなミスするか？」

「ですよねえ……」

　そこがおかしいのだ。私たちは二人して首を捻《ひね》る。

　ちょうどそのときだった。

「――あっ……あ〜っ‼　ありましたっ。ありましたよせんせー‼」

　ちょっと舌足らずな甲高《かんだか》い声が、谷の奥のほうから聞こえてきたのだ。

　見てみると、狭隘な坂の上から、色素の薄い髪の女の子が俺たちを指差していた。

　体格からすると、たぶん、小学生くらいかな？

　アバターの操作感に違和感が出るという理由で、現実と同じくらいの体格にするプレイヤーは多い。ただ、私は大の大人がロリッロリのアバターを使っている例も知っているし、一概《いちがい》には断言できなかった。もしかしたら男っていうこともあるかも。

　でもまあ、仮想世界では基本的に、たとえ相手がリアルではおじさんだったとしても、姿が女子小学生なら女子小学生として扱うのがマナーだ。

　私たちを指差す女の子の後ろには、もう一人プレイヤーがいた。彼女はそのもう一人に「せんせー、はやくはやく！」と呼びかけている。

それは――一言で表せば、変な女性だった。

背中に長く伸びるのは、シマウマみたいに白と黒が入り交じった奇妙な髪。その髪先と一緒に、足下まである長い白衣が風に揺れている。

医者か研究者か――どっちにしても髪色がパンクすぎたし、戦闘職しか生存を許されない人類圏外にあるべき姿でもなかった。

その女性は、白衣のポケットに手を突っ込んだまま、急《せ》き立てる女の子の声など聞こえていないかのように、悠々と狭い坂を下ってくる。

そして私たちの前で立ち止まると、不意に胸の前で腕を組み、眉間《みけん》にしわを寄せた。

「さて、第一声はどうするか……。登場直後の台詞《せりふ》でこそキャラクターを表現するべきだ。名刺交換のごとき面白味のない自己紹介では読者の興味を引くことはできない。とすれば、この場合は――」

いきなりぶつぶつと呟《つぶや》き始めた白衣の女性に呆気《あっけ》に取られていると、彼女は不意にブァサッ！　と白衣を翻《ひるがえ》した。

「わたしがそのノートの盗《と》られ主《ぬし》だ！　ま、盗られたのが貞操じゃなくてよかったかな！」

「「…………………」」

ご心配なく。

先輩曰《いわ》く、ＭＭＯＲＰＧで変な人に絡まれるのはよくあることらしいから。

「……わたしはブランクといいます……」

シマウマのような髪の女性はまったく面白味のない自己紹介をした。

明らかに使い所を間違えた下ネタに対して、私たちが無言を貫《つらぬ》いた結果だった。

私は彼女の頭上のネームタグを見る。《ｂｌａｎｋ》とアルファベットで書いてあった。

「ｂｌａｎｋ……空白、ですか」

「わたしに名はない——否《いな》、必要ない。ゆえに白紙提出のブランクというわけさ」

あっという間に調子を取り戻し、意味ありげに笑いながら言うブランクさんだったが、

「ああ、よく見るよな。《ＮＯ　ＮＡＭＥ》とか《ＡＡＡ》って名前の奴」

「…………………」

「ああっ、せんせーが！　せんせーがセンスの平凡さを指摘されてヘコんでいます！　やめてあげてください！　作家的にデリケートな部分なんです！」

先輩のデリカシーのない発言に、俯《うつむ》いてプルプルし始めてしまった。そのうえ連れの女子小学生にフォローされる始末——というか、作家？

「そういえば、このノート……」

「それはせんせーの大事なネタ帳なんですっ。取り返してくれてありがとうございますっ」

「ネタ帳ですか。なるほど、それで《フラグメント》――《欠片作家》さんなんですね」

《マギックエイジ・オンライン・フラグメント》。

ＭＡＯの二次創作作品の公称である。漫画やＭＯＤなど、様々な媒体《ばいたい》が含まれるけれど、特に盛んなのは小説。ゲーム内の出来事を書き起こした半分プレイ日記のような小説が、小説投稿サイトに日々無数に投じられているのだ。それらは《欠片小説》と通称され、一部の作品はＭＡＯプレイヤー以外からも人気を博して、書籍化にまで至っている。

「そういう君たちは、ケージとチェリーだろう？」

先輩から大学ノートを受け取りつつ、ブランクさんはにやりと笑って言った。

「私たちのことを知っているんですか？」

「有名人だからね。オープンβで冒険者たちの先頭を走り、バージョン1で魔王を討ち倒し、バージョン2で大戦を制した《ＭＡＯ最強のカップル》――君たちの活躍は《クロニクル》で読ませてもらったよ」

「「カップルじゃない！」」

「ぐうっ！　ステレオで否定された……！　逆に仲良し……！」

《クロニクル》というのは、ＭＡＯの公式ノベライズ、《マギックエイジ・オンライン・クロニクル》のことだ。ＭＡＯのメインストーリー――《クロニクル・クエスト》で起こったことを小説としてまとめ、出版したものである。

クロニクル・クエストにおいて活躍したプレイヤーは、この小説に実名（キャラネーム）で登場する権利を得る。クロニクルに登場することは、MAOという世界の歴史に名を刻むことであり、このゲームにおける最大の栄誉だった。一応、私と先輩も、これまでに出版された3シリーズすべてに登場させてもらっている。

「って言っても、クロニクルの私たちはかなり誇張されてますよ？」

「だよな。本物のお前はあんなにしおらしくな――」

げしっ。

「やっぱり本物が一番ですよねー、先輩？」

「脅迫行為！」

先輩のふくらはぎをげしげし蹴っていると、ブランクさんがぶるぶると震え始めて、

「く……クロニクルで読んだ通り……！　まさか事実だったとは……げふぁっ」

「わーっ！　せんせーがカップルアレルギーで倒れたーっ！」

糸が切れたようにその場にくずおれるブランクさん。今のどこがカップルなんですか！

小学生女子に抱き起こされ、背中をさすられながら、ブランクさんは呻《うめ》く。

「こ、このままでは長くは保《も》たない……。あそこに……あそこに、早く行かなければ……！」

「でもせんせー！　あそこに行くにはモンスターが……護衛の皆さんもやられてしまって……」

「ああ、どうしたら良いのか。わたしたちだけではとても辿《たど》り着けないというのに！　あーっ

誰か連れてってくれないかなーっ！　発作で苦しむか弱いわたしをその場所に！　あっ苦しい！　スッあーッ苦しいあースーッ！」

「「…………………」」

「いやあ助かったよ。本当に困っていてね。まったくあの連中、あんな高額な前金を受け取っておいてわたし一人守れんとは不甲斐《ふがい》ない」

あの見え透いた演技のほうが不甲斐ないですよ。

そう言いたかったけど、するとまた『スーッあーッスッ』が始まりそうなので黙っておいた。

ナイン山脈入口の峡谷を抜け、所は緑茂る台地に変わっていた。

人類圏外とはいえ、本当の最前線はまだ遠い。

かなりの熟練度に達している私と先輩の《魔物払い》スキルがあれば、雑魚に襲われる心配はほとんどないはずだ。

「せんせーを守るのはウェルダのお役目ですのに……もうしわけございませんです……」

色素の薄い髪の小学生――ウェルダちゃんというらしい――がシュンとする。

彼女はブレストプレートと鎧《よろい》スカートで身を覆《おお》い、腰には長剣を提《さ》げている。

小さな騎士……というか騎士見習いといった風情《ふぜい》で、なるほど、防御力なんてあるとは思えない白衣一丁のブランクさんに比べれば戦えそうではあった。まあＭＡＯの装備は見た目通りの防御力じゃないんだけど。

「先生、先生ってさっきから呼ばれてますけど……二人ってどういうご関係なんですか？」

私はブランクさんに質問した。単にゲーム仲間という感じじゃない。ウェルダちゃんは見た目のみならず言動まで小学生っぽいし……親戚とかだろうか？　ＶＲゲームに保護者同伴でログインしてくる子供は結構いる。

ブランクさんは「んん？」と白黒の髪を揺らして、

「どういうも何も、読んで字のごとくだ。わたしが先生で」

「ウェルダが弟子兼助手兼護衛ですっ！」

小学生にどれだけ兼ねさせてるの？

「弟子？　アマチュア作家に？」

先輩が不審そうに首を傾げる。私も同じ疑問を持ったけど、少しは隠してください先輩。

「ま、わたしは単なるアマチュアとは少し違うというか――そもそも今時、プロ作家にだって弟子を持っている者は少ないからな」

「そうなのか」

「少し違うって、どう違うのか訊《き》いてもいいんですか？」

「大したことじゃないさ。小説の他に、少しばかりライター業を齧《かじ》っているだけだよ。……ちなみに当方、夢小説の執筆も随時受け付けている！　報酬応相談！」

「夢小説って、自分を主人公にしてキャラとイチャつく小説でしたっけ？　興味ないで――」

　ブランクさんがすすっと近付いてきて囁《ささや》いた。

「（ちなみに豆知識。小説はどんなシーンにも年齢制限がない）」

「…………………」

　私が思わず黙ると、ブランクさんはにんまりと笑った。

「（無論、現実の人間を題材にしてもＯＫだぞ？　表にさえ出さなければ）」

「…………」

「（例えば、そうだな……彼と体育倉庫に閉じ込められたとしよう。暗さから躓《つまず》き、二人してマットに倒れ込む。薄暗がりの中に浮かぶ彼の瞳に、見る見る情欲の輝きが――）」

「う、うるさいですっ！」

「へぶっ！」

　蚊を叩《たた》くようにして、ブランクさんの頬を引っぱたく。

　う、ううう……！　さすが、曲がりなりにも作家を名乗るだけはあるというべきか……！

　短い言葉なのに情景が……！

　頭を振ってそれを追い出していると、

「あ！」

「え？」

先輩が急に叫んで――私を強引に抱き寄せた。

うぇっ、ええ⁉

高い筋力数値《STR》が生み出す力強さが、私の身体を先輩の腕の中に固定する。視線を少し上げれば、鎖骨《さこつ》や喉仏が間近に見えた。

「あっぶねー……」

ごくりと、先輩の喉仏が上下に動く。

同時、私の足元を小さな生き物が素早く駆け抜けた。

「《シビレハリネズミ》だ。さっきの話が現実になるとこだったな」

「うあ、ああ、あ、あうあうあ……」

ず……ずるい！　ずるいずるいずるい！　リアルじゃヒヨロヒヨロのくせに、ゲーム内ではちょっとがっしりしてるなんて！　こんなのチートだっ、卑怯者《ひきょうもの》！

「……は、離れてください……」

「おお。悪い」

私は先輩から3歩ほど距離を取り、背中を向けてすーはーと深呼吸を繰り返した。

ああもうっ、普段ならこの程度で動揺したりしないのに！　ブランクさんが変なこと吹き込むから……！　というか、先輩はどうしてなんてこともなさそうな顔をしてるの？　少しくらい意識してもいいでしょ！　モテないくせに！

「……うーん」

「どうしたんです、せんせー？」

「いいからさっさとヤればいいのにと思っ——ぬおっ⁉　チェリーちゃん、ご乱心をーっ！」

数十秒後。

「——ふう。ところで、まだ目的地について話していなかったな」

「お前、あそこまでの暴力を受けた直後に、よく平然と本題に入れるな」

危うく軽犯罪者《オレンジ》になりかけたけど、この変態を罰するためなら悔いはない。

正直、早いところ目的地に送り届けて、彼女とはさっさと別れてしまいたいところだ——そのうち、先輩に取り返しのつかないボロを出してしまいそうで怖い。

「私たちも行きたいところがあるので、途中までになるかもしれませんよ」

「実はな、どこにあるか具体的には知らないのだ。あるという噂だけ聞いて来たのだが——」

「ウェルダたちはですねっ、『おんせんしゅざい』に行くんですよっ！」

ウェルダちゃんが嬉しそうに、あまり喜ばしくない報告をした。

『おんせんしゅざい』——『温泉取材』。

「この辺りに温泉があると聞いたのだ。なにぶん、リアルで行く金がなくてな！」

Magick Age Online

TIPS 07

人類圏外

エリアボス未討伐エリア。モンスターの好戦性が高まり、エンカウント率が非常に高い上、PK不可と定めていることが多い《法律》もないため、PKプレイヤーも出没する危険地帯。夜になるとモンスターのレベルが10ほど上がり、《月の影獣（ルナ・スペクター）》と総称されるボスモンスターが徘徊するようになる。

TIPS 08

ショートカット

魔法やスキルをショートカットに設定しておくことで、メニューを開くことなく、キーワードやジェスチャーのみでそれらを発動することができる。最大5枠。

TIPS 09

マギックエイジ・オンライン・フラグメント

MAO二次創作群の総称。特に小説については《欠片小説》と通称され、小説投稿サイトにおいて小さくない規模のジャンルを形成している。内容は本格的なeスポーツ小説からカップルプレイヤーの日常を描いたものまで様々で、フィクションかノンフィクションかも作品によって異なる。人気を博した一部の作品は書籍化されることもある。

TIPS 10

マギックエイジ・オンライン・クロニクル

MAOのメインストーリー《クロニクル・クエスト》の攻略模様をまとめた公式小説。クロニクルに登場することはMAO最大の栄誉とされるが、クロニクル常連となったトッププレイヤーたちは、1冊につき10点しかない挿絵に自分を描いてもらう《挿絵入り》の栄誉を争奪している。

第5話　家族旅行に来た夫婦っぽくなる

現在の最前線ダンジョン・ナイン坑道の少し手前で道を右手に逸《そ》れ、崖際《がけぎわ》の細い道を降りていくと、村がひっそりと佇《たたず》んでいる。

《キルマの村》だ。

キルマの村は、元はナイン坑道で働く炭鉱夫のために作られた炭鉱村だった。ムラームデウス島は、俺たちがバージョン1で《魔王バラグトス》を倒すまで、南部の一部を除く全域を魔族に支配されていたんだが、この村は山脈を隠れ蓑《みの》に使い、その脅威《きょうい》を辛《から》くも逃れたらしい。

白衣の作家ブランクはシマウマ模様の長髪を揺らし、きょろきょろと辺りを見回した。

「へえー。こんなところに村がねえ。見たところショップも宿屋もないようだが？」

「ああ、最前線に縁がないと知りませんよね。ＮＰＣショップはエリアボスを倒さないと建てられないんですよ。補給線が確保できてないってことで」

「モンスターが湧かねえから、休憩には使えるけどな」

「そろそろこの辺のエリアボスが見つかる頃だと思うんですけどね。ナイン坑道のボスがそうなんじゃないかって言われてますけど」

「ふんふん」

ブランクは肯《うなず》くと、例の取材ノートを取り出してメモを取り始めた。

その様はフィールドワークに来た研究者のようにも見える。少なくとも剣と魔法のファンタジー世界に相応《ふさわ》しい姿ではなかった。

俺は瞼《まぶた》を閉じ、簡易メニュー画面を表示させる。

さっきブランクとその弟子兼助手兼護衛のウェルダをパーティに入れたので、二人のHPとレベルが表示されていた。ウェルダのほうはレベル73——今の俺とチェリーがレベル100台なので、中級者の上のほうってところか？　装備やクラス、それに《流派》にもよるが、ナイン山脈の中でも浅いエリアであるこの辺なら戦えないこともない。

問題はブランクのほうだ。

レベル12。

初心者が初日で辿《たど》り着くレベルだった。

たぶんこいつ、自分で戦ったことないんじゃないか？　当然、生産職としても、商人としても働いたことはないはずだ。特に何もしないでも手に入るクロニクル・クエストの最低報酬だけで上がったレベルなんじゃなかろうか。

《観光プレイヤー》の一種だな……。ＭＡＯには、ゲーム世界の観光だけを目的にしてアカウントを取る人間が結構いるのだ——実際、プリンセスランドを始めとしたトンチキな街や建物で溢《あふ》れ返ったこの世界は、ただ見て回るだけでもかなり面白い。

「あのっ、『おんせん』はどこにあるんでしょうかっ」

ガリガリとメモを取る先生をよそに、リアル小学生らしい割にはやり込んでいるウェルダがわくわくした顔できょろきょろした。

チェリーが（俺には使ったことのない）優しい声音で言う。

「温泉はここにはないよ。温泉に行くためのクエストNPCがいるだけで」

「NPCさんですかっ」

「そう。だからまずはその人に会いに行こうね」

「はいっ」

「さっさと行こうぜ。こっちだっけ？」

「もう！　先輩、せかせか歩かないでください！　小さい子もいるんですから！」

「いや……子供の相手とか苦手だし……」

「優しさが足りません！　ね？　ウェルダちゃん」

「子供に優しい男のひとはモテると思いますっ！」

「別にモテたくねえし。……っていうか、なんでいきなりそんな仲良しな感じなの君ら」

「嫉妬《しっと》ですかー？　子供に嫉妬とかみっともないですよ？　ぷぷっ」

「ちゃうわい！」

――ウェルダを交《まじ》えて戯《じゃ》れる彼らは、まるで家族旅行に来た夫婦のようだった。気安いやり取りは独特の空間を形成し、まるで結界魔法の如《ごと》く余人に入り込む隙《すき》を与えない」

「「何をメモってる‼」」

ガリガリとノートにメモをし続けながら勝手なモノローグを呟《つぶや》いていたブランクは、ぱんっとノートを閉じるや、物憂《ものう》げに額《ひたい》に手を当てた。

「ああ、憎い……。忌《い》むべきカップルすらメモってしまう自分の意識の高さが憎い……。フラッシュアイデアをステークホルダーとコンセンサスしてコミットしてしまう……」

「作家としてその超雑な言葉の使い方はどうなんですか」

「っていうか消せ！　その捏造《ねつぞう》メモを！」

「いやだ！　わたしは一度したメモは絶対消さない！　たとえ深夜のノリで考えた恥ずかしいポエムであっても！」

変なところで変なこだわり持ちやがって。

「チッ……お前の小説探し出して盗作疑惑かけてやる……」

「やめてくださいお願いします」

即座に土下座してみせたブランクからノートを受け取った。よろしい。

チェックしてみたところ、なんと俺たちの会話がほとんどそのままメモしてあった。

ただし、糖度2倍くらいで。

これじゃまるでカップルだろうが。

「お前、リア充滅びろとか言うくせに……」

「少女漫画フィルターかかってますね。往来《おうらい》でこんなアホそうな会話する人いませんよ」

チェリーもノートを覗《のぞ》き込んで言う。

土下座から立ち上がったブランクは、なぜか目を丸くした。

「(……現実をそのまま書いたんだが……)」

「なんか言ったか?」「なんか言いました?」

「い、いや、うん、そうだね。ちょっと乙女回路が働いたかな? HAHAHA!」

とりあえず、あからさまな捏造部分に関しては削除させてもらった。『別にモテたくねえし。……っていうか、なんでいきなりそんな仲良しな感じなの君ら』とか、まるで俺が拗《す》ねているかのような台詞《せりふ》だ。もっと取材対象に真摯《しんし》になれ。

温泉クエストを起動するNPCは村長の家にいるらしい。掘っ立て小屋ばかりのキルマの村にあって、ひときわ立派な門構えの家がそれだ。

玄関の手前にぶら下がっている小さなベルを神社の鈴みたいに鳴らすと、栗色の髪を大きな三つ編みにした、素朴な雰囲気ながらおっぱいの大きい少女が扉を開けた。

むう……! 結構好みなキャラデザ。

「……先輩?」

「ぐえっ」

脇腹にチェリーの肘《ひじ》を喰らった。こいつ、読心スキルでも持ってんの？

「秘湯《ひとう》のことでお話を伺《うかが》いたいのですが」

俺に肘を入れたことなどおくびにも出さず、チェリーは少女NPCにクエスト起動ワードを告げた。ピコーンと音が鳴って、ビックリマークが少女の頭の上に灯《とも》る。

「以前、お話しさせていただいた方ですね！　お入りください。詳しいことは中で」

そして聞いた彼女の話は、簡単にまとめるとこうだった。

ある日、彼女の父でもあるキルマ村の村長が、過労で倒れてしまったのだという。彼女は父親の身体を治す方法に一つだけ心当たりがあった――昔、キルマ村の炭鉱夫たちが身体を休めるため使っていた温泉だ。それは、浸《つ》かればたちまち疲労回復するのはもちろん、飲むことでも回復効果を得られるのだという。今となっては場所もわからないが、その温泉があれば――

要するに、その温泉を汲《く》んで持ってきてくれ、という話だった。

報酬は経験値とお金の他に、武器強化に使うレア鉱石が付いてくる。ちょうど俺のメイン武器《魔剣フレードリク》の強化にも必要なものだ。

これはかなり嬉しい――のだが……。

「実はその温泉には、鉱夫たちが使い始める前からちょっとした言い伝えがありまして」

話の終わりがけだった。

「好き合う男女が二人きりで入ると、未来永劫《えいごう》、永遠に結ばれる――らしいですよ」

少女らしい、夢見るような調子で、そんな情報が付け加えられたのだった。

「……へえー」「……ふーん」

冷めた反応をする俺とチェリー。

「りっ……リア充向け設定っ……！　あからさまなデートクエスト……！　ぐああっ……!!」

「せんせーっ！　しっかりしてくださいっ、せんせーっ！」

……あの、チェリーさん。

あなた、この設定のこと知ってて俺を誘ったんですか？

なんてことを訊《き》く勇気は、当然ながら、俺にあるはずもなかった。


村長の娘は、秘湯の場所についていくつかのヒントをくれた。

その1。かつての炭鉱夫たちは、夕方に仕事が終わってから日が沈むまでの間に、温泉まで行って帰ってきていた。

その2。温泉から見る景色は絶景で、水平線に沈む夕日を望むことができたという。

その3。炭鉱夫たちはいつもリンゴやバナナなどの果物を持って温泉に向かっていた。

「日が沈むまでに行って帰ってこられるってことは、ムラームデウス島の時間は現実比で倍速ですから……せいぜい片道10分の距離ですね」

「水平線に沈む夕日が見えるってことは、西側に背の高い山のない場所だな」

「ってことは……あの辺ですか？」

チェリーはキルマの村の東側——緑の森が生い茂《お》る山の中腹を指差した。

俺たちのそんなやり取りを見て、ウェルダが「ほへー」と息をつく。

「すごいですねっ。なんでそんなにすぐわかっちゃうんですかっ？」

そう改めて褒《ほ》められると恥ずかしい。俺は照れ隠しで首をさすりつつ、

「いや、まあ……慣れ？」

「空間認識能力鍛えられますよねこのゲーム。方向音痴とか治るんじゃないですか？」

「現実よりも遥《はる》かに色んなところ歩くからな。特に汽車もポータルも使えない最前線だと」

「ふむふむ。なるほど」

ガリガリガリ。やることなすことメモられると、間違ったこと言ってないかと不安になるな。

「問題は三つ目ですね。なんで果物を持っていくんでしょう？」

「それな」

出掛けに村長の娘からもらったバナナを見る。もちろん遠足のおやつではなく、クエストの進行に必須なのだろう。

「とりあえずインベントリに入れずに持っとくか」

「１本ずつに分けておきます？」

ちょうど4本くっついた房だったので、1本ずつに分けてそれぞれに配った。パーティメンバーと同じ本数ってのがまた怪《あや》しい。

「たっ、食べないようにするのだぞ」

「ウェルダ。食べませんっ！」

「うむ（ぺろり）」

「ストップストップ！　皮！　剝《む》いてますよ！」

「おっと、これは失敬――皮を見ると剝きたくなる性分でな！」

「…………………」

「なんで無視！　高校生なら興味津々《しんしん》だろうが！　……あっ！　さてはすでに――」

とにかく、果物は全員に行き渡ったので、村の東側に行ってみる。

と、洞窟《どうくつ》を発見した。向こう側に光が見える短い洞窟――というか、トンネルか。

「こ、ここを通るんですかっ……？」

「大丈夫だよ。思ったより暗くないから。ね？」

怯《おび》えるウェルダを、チェリーが聞いたこともないような優しい声で励ました。こいつ、人によって態度違いすぎない？　先輩、そういうのよくないと思うなー。

狭いトンネルを二列縦隊《じゅうたい》で抜けると、左右に木々が茂った道に出た。なだらかな坂道が緩《ゆる》やかに曲がりくねりながらずーっと伸びて、右のほうに曲がる形で消えている。……右？

俺は左右を見渡して位置を確認した。

「んん……？　あの山に行くには左に曲がらないといけないよな？」

俺たちがひとまずの目的地と見定めた山は左手にある。

「道を間違えましたかね？」

「いや……もうちょっと進んでみようぜ。見えにくい道があるのかもしれない」

「なるほど……学校での先輩みたいに気配を消しているんですね」

「なんで学年違うのに学校での俺を知ってんだっつーの」

「黙秘権を行使しまーす」

ぷいっとそっぽを向いて、桜色の髪を翻《ひるがえ》してみせるチェリー。こいつ……。

特に左側に注意して、なだらかな坂道を歩いていく。

森が広がるばかりだが、まさかここを突っ切れってわけじゃねえよなあ。

「あのっ！」

手持ち無沙汰《ぶさた》になってきた頃、後ろからウェルダが話しかけてきた。

「マナー違反だとは思うんですけど……お二人はリアルでも仲がいいんですかっ？」

俺とチェリーは顔を見合わせた。

「いや？」

「べつに？」

「ええっ⁉　そっ、そうなんですかっ？」

　ウェルダは目を丸くする。そんなに驚くことか？

「そいつはわたしも意外だな。てっきりリアルでもズブズブのズブなのかと」

　ブランクが小首を傾《かし》げながら言った。『リアルでも』ってなんだよ。

「いちおう顔見知りではある、ってくらいだよ」

「リアルで喋《しゃべ》ることなんて滅多《めった》にないですよねー」

「お前、あからさまに『私はスクールカーストの頂点に君臨してます』って顔してるからな」

「してませんよそんな顔！　というか、先輩もよく見てるじゃないですか、学校の私」

「嫌でも目に入るんだよ。俺みたいな目立たない奴にまで噂《うわさ》が聞こえるって相当だからな？」

「え？　……目立たない奴？」

「どうした？」

「いえ……人って、意外と自分のことがわかってないんだなって」

「どういう意味だよ？」

「あ、いや、噂話を本人に告げ口するのは良くないですよね！　忘れてください！」

「忘れさせる気ねえだろ！」

　白々しさの塊《かたまり》！

「ふむ。現実では指一本触れてないが、そのカラダはVRで隅々まで熟知して――えっろ！」

「オイコラ何をメモってる！」

「誰が熟知されてるんですかっ！　先輩なんか私のおへその位置だって知りませんよ！」

「いやそのくらいは知ってるけど」

「なんで知ってるんですか⁉」

「たまにお腹《なか》出して寝てるじゃん……」

チェリーはお腹を押さえるようにして隠し、じりじりと俺から距離を取った。

「ふ、不覚です……。先輩がいやらしい目で私を見ているのは知っていましたが……」

「知ってるんじゃねえよ！　事実無根な冤罪《えんざい》を！」

「恋愛ゲームでは必ず後輩キャラから好感度を上げることも知っていましたが……」

「知ってるんじゃねえよ！　事実むこ――んんっ！　とにかく冤罪！」

「後輩キャラから攻略するのだな」

「するんですねっ！」

うるさいな！　そんなに悪いか！　初恋がギャルゲーの後輩キャラだった黒歴史が！

「これはちょっと距離感を考え直さないとですね？　ほら、今度はほくろの位置とか勝手に調べられるかもしれませんし」

「アバターにはほくろなんてね――」

言い返そうとしたそのときだった。

「あっ」

じりじり後ずさっていたチェリーが、木の根に引っかかってバランスを崩したのだ。

俺は咄嗟《とっさ》に手を伸ばし、チェリーの腕を掴《つか》む。幸い転倒せずに済んだが――

――すぽーん、と。その手に握られていたバナナが、すっぽ抜けてしまった。

「あーあ」

ブランクが呆《あき》れたように言う。

バナナは放物線を描いて、緑生い茂る森へと消えていった。あーあ。

「お前、今日、足元甘すぎるだろ」

「だっ、誰のせいだとっ――ああもうっ、取ってきます！」

俺の手を振り払い、森に分け入っていくチェリー。

その背中を見て、ブランクが「いひひひひ」と意地の悪い笑い方をした。

「かわゆいのう。リア充を憎むわたしだが、冷静さを欠いた美少女は大好きだ」

「あっ、ウェルダ、そういう人をなんて言うか知ってますっ！　『性根が腐ってる』って言うんですよねっ！　せんせーに言ってあげろってお父さんが言ってましたっ！」

「……ほう。語彙力《ごいりょく》がついてきたなウェルダ。ログアウトしたら兄者にこう伝えてくれ。『てめーの昔のUSBメモリをてめーの嫁に進呈してやるからな』」

お父さん？　で、兄者？　……聞かなかったことにしとくか。

「あれ？」

森に分け入ったチェリーが、不意に足を止めた。

どうしたのかと思っていると、チェリーはこっちに振り向いて、森の奥を指差す。

「あのー。あれ、見えますかー？」

チェリーの指差す先を目で追って、ようやく気付く。

森の奥に、バナナを持った小さなサルがいた。

デフォルメされていて、身体より頭のほうがでかい。つぶらな瞳が可愛らしいと言えないこともなかったが……おかしいな、あんなモンスターいたっけか？

「おさるさんですっ！」

「持っているバナナは、先ほどすっぽ抜けたものかな？」

キルマの村のＮＰＣ曰《いわ》く、炭鉱夫たちは温泉に行くとき、果物を持参していたという。

まさか――あのサルが！

「ウキャッ」

サルは俺たちに気付くと、一声鳴いて森の奥に走り去っていく。

「先輩！　どうしますかー？」

「追いかけよう！」

「了解です！」

俺たちはチェリーに続いて森の中へと分け入った。

サルを追いかけて茂みを掻き分けると、獣道《けものみち》を見つける。草むらに隠れてほとんど見えなかった。あのサルがいなかったらとても気付けなかっただろう。

小さなサルの姿は獣道の先にある。その背中を注視すると、ネームタグがポップアップした

──白い文字で《子ザル？》とある。

……なんだそのハテナ。ネームカラーは白だから、敵性モンスターではないはずだが。

「後ろ、ついてきてますか？」

チェリーが走りながら振り向いて声を放った。

「な、なんとか……」

「だいじょうぶですっ」

「この速度を維持します！　遅れないでくださいね！」

歩く速度と違って、走る速度はＡＧＩの数値で変わってくるので、好き勝手走ってるとバラバラになってしまう。だから集団行動時はステータスの高いほうが気を遣《つか》わなければならない。

……のだが、俺はそういうの苦手だからチェリーに丸投げ。

俺一人ならサルに追いつくこともできたかもしれないが、向こうが俺に合わせて速度を上げたら面倒くさいことになる。なので俺たちは、おとなしくサルの小さな背中を追い続けた。

獣道をしばらく走っていくと、視界の先で木々が途切れた。

勢い良く飛び出していくサルに続いて、俺たちも獣道を駆け抜ける。

丘のような場所だった。

右手には断崖絶壁が切り立ち、左手には水平線まで見渡せる絶景が広がっている。

そして正面には、真昼の太陽に明るく照らされた、半ば朽《く》ちた木造建築があった。

これって——旅館、か？

俺には和風の旅館が廃墟になったもののように見えた。壁の至る所が腐食して黒ずんでいる
——誰も住まなくなって何年経《た》つのか。倒壊していないのが不思議なくらいだ。

こうなっては、旅館というよりは——

「ウキャッ」

旅館の玄関前で、サルは俺たちを待っていた。

ようやく追いついた——と、思ったそのときだ。

——フゥ〜っと。

サルは、半透明に透けて、そのまま、消滅した。

バナナだけを、ボトリとその場に落として……。

「「「…………………」」」

……気のせいだと、思いたいんだが。

消える寸前、あのサルの名前、……《子ザルの霊》に変わったような……？

第6話　人を呪わば穴二つ

「いやあーっ‼」

ウェルダちゃんが頭を抱《かか》えて蹲《うずくま》った。

あのフウッと消える演出は、疑問の余地はない――あの可愛いおサルさんは幽霊だったんだろう。何らかの未練があって、私たちをこの旅館の廃墟に導いた。

この建物、旅館っていうよりお化け屋敷だしね。

つまり、ここに入ればいいんだろうけど、果たして何が待っているのか――おや？

「先輩？　なんだか顔が強張《こわば》ってません？」

「……ってねえし……」

どうやら強がっているらしいけれど、その声が掠《かす》れていては大失敗だ。

おやおや。これはこれは？

私はにまにまと笑って、先輩の顔を下から覗《のぞ》き込んだ。

「どうしたんですかぁ、せんぱ～い？　もしかして、苦手なんですかぁ～？　ゲームが唯一《ゆいいつ》の取り柄の先輩がぁ～？　ホラーゲームが怖いんですかぁぁ～？」

「うぐぐぐ……！」

「普段は『ことゲームと名の付くもので俺に苦手なものはない』とか言ってるのに～？　ホラーは苦手なんですね～？　お化けが怖いんだ～？　へえ～、かっわいい～♪」

「にっ……苦手じゃねえし！」

ああもう、ダメですよ、先輩！　そんな小学生みたいな強がり方をしちゃあ……もっとからかいたくなるじゃないですかっ！

「じゃあ大丈夫ですよね～？　一緒に行きましょうか～！　苦手じゃないんですもんね～？」

「え、……い、いや……そうだ、４人で！」

妙案を閃《ひらめ》いたとばかりの表情で、先輩はブランクさんたちのほうを振り向いた――のだけど。

「わわわたしたちは待っていよう！　もし戦闘になったら足手まといだからなっ！」

「せっ、せんせーっ！　足がっ！　足が子鹿みたいに！」

「お前もダメなのかよ‼」

かくして、逃げ場も助けもなくなった。

「さあ。じゃあ行きましょうか♪」

私は先輩の腕を引く。

先輩の引き攣《つ》った表情から、その心情が手に取るように伝わった。本気で振り払うのもみっともないしさりとてこのままじゃ――

先輩が迷っているうちに、私は廃旅館の玄関に向かってずるずる引っ張っていく。

「おっ、お前っ……！　お前は平気なのかよ⁉　こういうのは女子のほうが大体っ……！」

「私、お化け屋敷とか楽しめないタイプなんですよねー。『よくできてるなー』って感想しか持ったことないです」

「あああ無理無理無理無理マジでこのっ冷血女ぁあああーっ‼」

　まあ、ＶＲのホラーは初めてですけどね。


　エントランスは薄暗かった。

「あー暗いなあ‼　暗いわこれ‼　いきなり薄暗い‼　いやー暗い暗い‼」

「大声出して怖さ紛《まぎ》らわすのやめてください！　まだ何にも出てきてませんから！」

　まさか先輩がこんなにビビりだったとは。戦闘のときはどんな怪物を前にしても小揺るぎもしないのに。もう出会って２年ほどになるけど、知らないこともたくさんあるものだ。

「あーあーあー！」と無意味に喚《わめ》く先輩を引っ張ってエントランスに足を踏み入れると、板張りの床がギシッと鳴った。

　――ピシャンッ！　カチャッ。

　背後で引き戸が勝手に閉まり、鍵がかかった。

「…………お、おおー」

「なんで感嘆《かんたん》の声なんですか」

『なかなかやるじゃん』とでも言いたげな、謎に不敵な表情になっている。

「かえりたい」

と思いきや、いきなり泣き言を漏《も》らした。

「まだ入って10秒ですよ。……というか、鍵かかっちゃったから出られないんですが」

「バカな……！」

先輩は閉まった扉に飛びつく。

ガタガタガタ！　と戸を揺らすけど、開く気配はない。

「これ、たぶんアレですよね。建物の中を探索して脱出を目指すタイプの」

「一番嫌いなやつ！　やだー！」

「あーもう大声禁止ですっ！　雰囲気台無しじゃないですか！」

「もがもがもが！」

私は先輩の口を手で塞《ふさ》ぐ。手のひらに先輩の唇が当たるのが少し気になったけれど、それが恥ずかしさに変わる前に、先輩は我を取り戻してくれた。

「静かにしてくれますか？」

「…………（こくこく）」

先輩が素直に肯《うなず》いたので手を離す。

「そんなに怖いですかねー。暗さは洞窟《どうくつ》型のダンジョンとさほど変わらないと思いますけど」

「…………（ブンブン！）」

「……あの、先輩？　大声さえ出さなければ、別に喋《しゃべ》ってもいいんですよ？」

「え、そうなの」

先輩は『早く言えよ』という顔をした。

「一言も喋るな、なんて言うわけないじゃないですか。それに……」

なんだか無視されてるみたいでアレだし……。

「ん？　それに、何だ？」

「べつに何でもないです」

「気になるだろうが！　お前そういうの多くない？」

「な・い・で・す・っ！」

私はふいっとそっぽを向いて、せかせかと歩き出した。先輩を一人放置して。

「待ってごめん置いてくなほんとマジでごめんって！」

先輩が大慌《おおあわ》てで言うので、私は立ち止まって振り返り、くすくすと笑う。

あー、おもしろ。先輩がこんなに可愛くなってくれるなら、しばらくここにいてもいいなあ。

「お前、覚えとけよ……！　ホラーでは性格の悪い奴からやられていくんだからな……！」

「私に性格悪いって言いました？　まあ、だとしても、私のクラスは《聖杖《せいじょう》の巫女《みこ》》ですからね。巫女らしく華麗に除霊してあげますよ。《グランバニッシュ》あたりでどかーんと」

さあ、そろそろ本格的に探索を始めよう。まずはあのフロントカウンターから――

「…………………………………………………………………………!?」

「どうしました、先輩？」

急に先輩が氷のように固まって動かなくなった。

その視線は、２階に続くと思《おぼ》しき階段に注がれている。

ボロボロで危ないなあ……踏み板が折れちゃいそう。

「先輩？　せんぱーい？　行きますよー？」

「…………お前、見なかったの…………？」

「何をですか？　……あ、わかりましたよ。私を怖がらせようとしてるんでしょう。魂胆《こんたん》が見え見えですねー」

「…………あ、うん…………」

力の抜けた先輩を引っ張って、私はフロントカウンターに向かった。

カウンター自体には特に何もない。だけどその奥に部屋があった。ドアプレートも何もないけど、きっとスタッフルームだろう。

私はその扉を開ける。

部屋には窓がないようで、真っ黒な闇に満たされていた。これでは探索どころか歩くことさえままならない。

「仕方ないですね……。片手塞がっちゃいますけど、カンテラを出しましょうか」

魔法で明るくすることもできるけど、ＭＰがもったいない。ちょっと特殊ではあるけど、この廃旅館もダンジョンみたいなものだ――いつ戦闘になるとも知れないし、温存しておこう。

カンテラを出すと、先輩が私の和風ローブの端っこをきゅっと握った。

そして光を灯《とも》す瞬間、ぐっとその指に力が籠《こ》もる。

カンテラの光にぼんやりと照らされたのは、何の変哲もない休憩室のような空間だ。

安全を確認して、先輩の指の力が緩《ゆる》んだ。

私は顔が強張ったままの先輩に笑いかける。

「安心しました？」

こくり、と肯きがひとつ。ああもう可愛い！　いつもこのくらい素直ならいいのに！

休憩室には、上履《うわば》き入れくらいの小さな引き出しが付いたタンスが壁際《まどぎわ》に置かれていた。

そのタンスをカンテラで照らすと、引き出しに三桁《みけた》の番号が振られているのがわかった。

各客室の鍵を保管してあるのかな？

「部屋、結構いっぱいあるんですね。どれどれ」

「ちょっ！」

私は『１０３』と書かれた引き出しを開ける。

先輩が慌てていたけど、特に何も起こらない。

やれやれ。こんな小さな引き出しからモンスターが出てくるわけないのに。

「やっぱり鍵ですね」

私は引き出しの中から、タグの付いた鍵をつまみ上げた。タグにも『103』とある。

「一応回収しておきましょうか。鍵がなくて困るかもしれませんし」

「お前全部屋行くつもりなの？　アホなの？」

「失礼な。全部屋行かないと気が済まないっていつも言ってるのは先輩じゃないですか」

「それはダンジョンの話！」

ここもダンジョンみたいなものだと思うけどなあ。

「一応全部チェックしときましょう」

番号が振られた引き出しは全部で八つ。それをひとつひとつ開けていく。

鍵が入っていたのは、八つの引き出しのうち五つだった。残りの三つ――『101』『201』『204』は空っぽ。

「ふむ……。鍵がないということは、この三つの部屋にはお客がいるってことですかね」

「よし。その部屋は避けよう」

「いえ。その部屋に行きましょう」

「なんで⁉」

「こっちが訊《き》きたいんですけど？」

絶望的な顔をする先輩は置いといて、私はカンテラの光をタンスから別に向けた。

「机の上……なんか、冊子《さっし》がありますね」

「次々見つけるなお前は！」

私は半分腐った机にカンテラを置き、その光を頼りに、薄い冊子のページを開く。

「業務日誌……ですかね？」

「もうわかったんだけど。かゆうまフラグなんだけど」

「まあまあまあ。可愛い女の子の日常が綴《つづ》られてるかもしれないじゃないですか」

「せめて1パーセントでも信じられる予想を言え！」

「ほらほら。さっさと読みましょうほらほら」

「や、やだ……！　絶対読まない！」

「双月暦《そうげつれき》453年12月18日──」

「音読……！」

先輩が耳を塞ごうとしたので、私はそれをパッと摑《つか》んで引き寄せる。

逃がすわけないでしょう？

私は少しばかり先輩の耳元に口を寄せて、囁《ささや》くような声で日誌の内容を読み上げる。

──双月暦453年12月18日

――今日もいいお湯でした。成分のひとつひとつが肌に吸い込まれるようで、1秒ごとに若返っていくのがわかります。もし1日中入っていたら……私、赤ちゃんになっちゃうんでしょうか？　それは大変です。私には育ててくれる親なんていませんから……。

「…………業務日誌じゃなくない？」

「思いっきり個人の日記ですね。女性のようですけど……旅館のお客さんでしょうか？」

「いやでも、この温泉に来てたのはキルマの炭坑夫じゃ――」

――双月暦４６３年12月18日
――今日もいいお湯でした。けれど……最近、一つだけ気に入らないことがあります。夕方になると、毎日のように野卑な男たちが来るようになったのです。汚《けが》らわしい、汚らわしい。あんな連中に入られたら、私の美しい温泉が汚れてしまう。

「日付変わってなくないか？」

「よく読んでください。年号」

「あっ……!?　10年後かよ！　日記っていうか年記！」

「時間にルーズな人ですねえ（にやにや）」

「いや人間じゃねえから！　定命《じょうみょう》の者じゃねえから10年単位で日記書くような奴は！」

――双月暦４７３年12月18日
――あの男たちがまた私の湯を汚していく。ああ、美しい純白の濁りが、男たちの汗や垢《あか》に侵《おか》されていく。気持ち悪い。気持ち悪い。気持ち悪い。もう入れない。あんな男たちに汚された湯なんて、もう私の肌に触れさせたくない。気持ち悪い。気持ち悪い。きもちわるい。キモチワルイ。キモチワルイキモチワルイキモチワルイキモチワルイキモチワルイキモチワルイキモチワルイキモチワルイキモチワルイキモチワルイ。

――そうだ。いいことを思いつきました。

――これでまた、この温泉は私だけのものになるはずです。

――お湯を汚さないようにしないと。

「犯人側じゃん！　犯人側の日記じゃんこれぇ！　『(血で) お湯を汚さないようにしないと』ってことじゃん‼」

「さあ次です次 (にやにや)」

「やだ……読みたくない……絶対怖いもん……」

「怖いもんって。ぷふっ」

「くっそ……！　怒る余裕もねえよ……！」

「じゃあ行きますよ次のページ。行きますからね？　いいですか？　心の準備します？」

「いいよ焦《じ》らさなくて！　もうどうせならさっさと読め！」

「じゃあ行きまーす」

――双月暦483年12月18日

——今日もいいお湯でした。

「…………ん？」

「一行だけ……ですね」

「なんだよ。結局どうなったんだ？」

「まだ先があるんですかね？」

ぺらっと、私は次のページを開く。

白紙だった。次のページには、ただの一文字も書かれていない。

「やっぱりここで終わ――」


白紙のページに真っ赤な手形が出現した。


「ブヒェッヘヘフォフォーウッ‼」

先輩が謎の悲鳴を発した直後、机に置いていたカンテラの光が消える。

「な、なに！　もうなんだよおい‼」

暗闇の中で、先輩らしき腕に抱き寄せられる。背中を抱く腕と、顔に押しつけた胸とが、先輩がガチガチに緊張しているのを教えてくれた。

数秒の間。闇に静寂《せいじゃく》が漂って、しかしすぐに切り裂かれる。

――ガチャッ！　バタンッ！

それは、扉が開閉される音。出ていった？　何かが？　誰かが？

もう何もない？　本当に？　何も？　…………何秒待っても、静かなままだった。

「終わった、か……？　もう動いていいのか……？」

ぼんやりと光が戻ってくる。カンテラが復活したのだ。

再び視界が取れるようになって、先輩がすぐに気付く。

「日記……ない……」

さっきまで私たちが読んでいた日記が、どこにもなくなっていたのだ。代わりに――

「ああもうなんで見つけるんだよバカぁー……！」

出入り口の扉に向かって、点々と、真っ赤な足跡が続いている。

つまり、こういうことだった。

全身血塗《ちまみ》れの透明な誰かが、日記を奪い取って部屋を出た。

ページに手形が出現したのは、そのせい……。

「はあー……！」

先輩は深く深く溜め息をつく。

ドキドキという仮想の鼓動が、私の耳元で早鐘を打っていた。

「かえりたい……マジで……。……チェリー？」

そこで、ようやく……先輩は、腕の中の私に視線を下ろす。

文句を言うべきだったのだろう。

人を抱き枕のようにするな、デリカシーがないのかと、怒るべきだったのだろう。

でも……動けなかった。

先輩の胸に顔を押しつけたまま、微動だにできなかった。

「あ、あの……チェリーさん？」

身体が凍《こご》えたように震えている。

自分でも気付かないうちに、先輩の身体をぎゅっと抱き締めている。

それでも、震えは止まらなくて……。

先輩の手が私の肩を掴み、少しだけ身を離した。

「お前……もしかして……」

先輩の顔が歪《ゆが》んで見えた。

「……あのさあ、知ってるか？」

半笑いになって、先輩は言う。

「VRホラゲーって、プレイヤーが心臓発作で死んだこともあるんだぜ」

「……知りませんよぉぉぉ…………!!」

ようやく声を絞り出すと、先輩はお腹《なか》を抱えて大笑いした。

TIPS 11

ネームカラー

視線をフォーカスし、ロックオンすることでポップアップするネームタグの文字色。その属性によって以下のように変わるが、誤読を防ぐため名前の横にはアイコンも添えられている。

●ブルー：一般プレイヤー
●ホワイト：NPC　●グレー：敵性存在
●オレンジ：最近犯罪を犯したプレイヤー（時間経過で戻る）
●レッド：犯罪者プレイヤー（元には戻らない）
●グリーン：クランメンバー
●イエロー：戦争相手　●ゴールド：ゲームマスター

TIPS 12

簡易メニュー／インスタント・メニュー

瞼の裏に表示されるUI。自分とパーティメンバーのHPやMP、状況異常などを確認したり、新着ダイレクトメールを読むのにも使える。戦闘中にはメニューウインドウを開く余裕がないため、簡易メニューで戦況を把握する必要がある。その間は視界を遮断することになるので、いかに素早く簡易メニューから情報を読み取るかもプレイヤースキルのうちとされる。

TIPS 13

クラン

プレイヤーによる組織のこと。3名以上から成り、専用掲示板が使用できたり、クラン専用クエストを受注できたりといったメリットがある。クランメンバーがエリアの領主を務めている場合、その領土内において同じクランの人間に様々な特権を認めることができるため、一つのクランが一党支配しているエリアは数多い。

TIPS 14

双月暦

MAOの世界（ムラームデウス島）の紀年法。《子月》が生まれ、世界の月が二つになった年を元年とする。MAO世界は現実に比べて太陽と月が倍速で巡るため、1年は730日または732日である。

第7話　自分より怖がっている人間がいると冷静になる

チェリーは目に涙を溜めながら言い募《つの》った。

「……きらいです。絶交です。人が怖がってるのを見て爆笑するような先輩とはもうお付き合いできません」

「すげえブーメランだな。５分前の自分を思い出せよ」

というわけで、足を踏み入れるべきでない場所に踏み入れてしまったことに今更気が付いた俺たち二人である。

そうだよなあ。普通、ＶＲホラーなんてやったことないか。

俺には古今東西のゲームをやたらやらせてくる従兄《いとこ》がいたから、ファミコンからＶＲまで余すことなく触ってるんだが——何を隠そう、俺がホラゲ嫌いになったのもＶＲのせいだ——それは例外か。

「それにしたって、さっきまで余裕ぶっこいてた奴がまさかここまで……ぶふっ！」

「お化け屋敷とかホラー映画とかは平気なんですよーっ！」

「そんなんなら俺だって平気だわ。ここにあるのは画面も特殊メイクもないマジモンだぞ」

「ううう——……！」

じわっとまた涙目になるチェリー。

まあMAOのレーティングを考えれば、心臓発作を起こすほど怖いはずはないんだが。

ともあれ、これで大義名分ができた。

「よし、じゃあ帰ろう。無駄足になったのは残念だけど、ログアウトしちまえば――」

「……やです」

「はい？」

チェリーは和風ローブの袖《そで》でぐしっと目元を拭《ぬぐ》った。

ふてくされたような拗《す》ねたような顔で俺を睨《にら》む。

「絶対クリアします。リタイアなんかしません」

「いやいや、お前も怖いんだろ？　だったら無理せずに――」

「いやですっ‼　やられっぱなしじゃムカつくじゃないですかっ‼」

こんなところで負けず嫌い発揮しやがって……！

「なんですか、幽霊くらい……！　今度出てきたら旅館ごと焼き尽くしてやります……！」

「旅館ごとはやめろ！　炎系の魔法はショートカットから外せ！」

こいつ、いざとなったらマジで放火しそう！

「ううう～っ……！」

唸《うな》りながら、チェリーは魔法メニューを開いて操作した。アストラル系によく効く光属性の攻撃魔法をショートカットに入れてるんだろう。

「これで大丈夫です……。みんなぶちころしてやる」

「……このタイプのクエストで敵に攻撃できるとは思えないけどな」

「行きますよ！」

勇ましく宣言すると、チェリーは血の足跡を踏みつけるようにしながら休憩室の出入り口へと向かった。

が、扉の前でピタリと静止して、こちらに振り向く。

「なんでついてこないんですかあ……！」

「……怖いの？」

「こっ、怖いのは先輩のほうでしょう⁉　もう、仕方ないですね……！」

恩着せがましく言いながら、チェリーは俺のそばまで戻ってきて、がしっ！　と俺の腕を胸に抱きしめた。

「こうしといてあげます！　先輩がはぐれると可哀想ですから！　先輩が！」

「お、おう」

チェリーさん、チェリーさん……これ、どういう状態かわかってますか？

……わかってなさそう。

でも俺からわざわざ指摘するのは、すげえ意識してるみたいでイヤだ。

生理的反射で、飽くまで生理的な問題で仕方がなく、恐怖とは別の動悸《どうき》がしてくる。甘い匂《にお》い。体温と柔らかな感触。さらさらの髪先が首をくすぐり、耳元には息遣《いきづか》い。腕にチエリーの鼓動が伝わってくるけど、これはたぶん怖くて緊張してるからだ。

まあアバターだけどな！　プログラムによる疑似感覚に過ぎないし！　この程度で惑《まど》わされるようなヤワな俺では——

「（……せんぱい……）」

——ぬ？

「（はなれちゃ、イヤですからね……？）」


というわけで仕方がなく、不承不承《ふしょうぶしょう》、忸怩《じくじ》たる思いでお化け屋敷のカップルスタイルになり、休憩室からエントランスに戻ってくる。

玄関から見て奥へと向かい、上り階段の脇を抜ければ1階の客室があるゾーンだ。

……上り階段か。

休憩室に入る前、俺が階段に何を見たのか……まあ、言わぬが花という言葉もあるからな。

思い出すのが怖いわけじゃないぞ。

……アレが戻ってきて日記を奪っていったのかな。

「……客室、1階から見ていきますよ……」

半ば怨嗟《えんさ》の籠《こ》もった低い声で、チェリーは言った。

チェリーは片手に《聖杖《せいじょう》エンマ》を持ち、もう片方の手で俺の腕をぎゅっと抱き締めている。だから、暗闇を照らすカンテラは俺が持っていた。

気付いたけど、俺、剣抜けなくない？　チェリーとカンテラで両手塞《ふさ》がってんだけど？

……俺は考えるのをやめて、階段の脇を抜けていく。

俺たちの歩調はピッタリと合っていた。

というか、合わせられていた。

俺が少し遅れたり前に出たりすると、チェリーがすぐにぐいっと引っ張ってくるのだ。離れるな離れるな絶対離れるな離れたら殺す、という強い意思を感じた。

ギシッ、ギシッ、と板張りの床を鳴らしながら、廊下を進んでいく。

と、左側に引き戸が見えてきた。

……ここが、客室か……。

恐る恐る、カンテラの光を奥にも当てると、さらに廊下を進んだ先にも別の引き戸があった。

だが、その引き戸の前には、天井が崩れたのか、砕けた木材が積み上がっている。

「……あっちは入れなさそうですね」

「ああ……たぶん、あっちが102号室だよな。鍵を見つけた……」

「わざわざ塞いであるってことは、やっぱり鍵が見つからなかったほうの部屋に何かあるんじゃないですか……？」

「えぇー……」

休憩室で鍵が見つからなかった部屋――つまり、客がいるはずの部屋。

「それこそ鍵かかってんじゃねえの……？」

「それも試せばわかります。これだけボロボロじゃ、鍵も壊れてるかもですし」

「いや、でも、わざわざこんな何かありそうなところから行かなくても……」

「だからこそじゃないですか！　………できるだけ部屋を回らないで終わりたいんです」

ああ、うん……。無駄に怖い思いしたくないもんな。くっそわかる。

「……101号室からです」

一番手前の引き戸――『101』と刻まれた戸の前に、俺たちは移動する。

「……どっちが開けんの？」

「私は両手が塞がってるので」

「俺もだっつーの！」

戸を開けるためには、組んだ腕をほどくしかない。

チェリーは「ううう」と唸ると、俺の腕を持ち上げて、戸の引き手に近付けていった。

「ちょちょちょストップストップ！　卑怯《ひきょう》それ！」

「卑怯じゃないです！　先輩の手を使って私が開けるんですから！」

「せめて俺に自由意思を！」

「ううう〜っ……。じゃ……じゃあ、公平に、二人同時に」

というわけで、戸の引き手に二人で指をかけた。

引き戸には少しの抵抗も感じられない。……鍵は、マジでかかってないらしい。

俺は絶望的な気分になりつつ、チェリーと目を合わせた。

「……せーので行きますよ」

「おう」

呼吸を整える。……なんか、心の準備をすればするほど怖くなっていく気がするが、気付かなかった振りをして、チェリーの合図を待った。

「——せーのっ！」

「…………………」

「…………………」

どちらの手もピクリとも動かなかった。

「開けろよ！」

「先輩こそ！　女の子にだけ怖い思いさせようなんてどういう神経してるんですか!?」

「一番卑怯な言い分来たなオイ！」

こいつ、なりふり構わねえ！

「次こそ一緒に開けますよ」

「わかってるって」

「あえて合図より早く開けるとかナシですからね」

「それはお前がやりそうなことだろうが！」

改めて、二人で戸の引き手に指をかける。

「せー――」

ガラッ。

戸が開いた。

「～～～～～～～～～～ッ!?!?!?!?!?」

俺は死ぬほど驚いて反対側の壁際まで逃げた。

「あーもう！　ああああもうっ‼　だから言ったじゃんお前がやりそうってー！　マジでやんなよー‼」

「…………わ、私じゃないです」

「誤魔化せるか！　俺じゃないんだから開けたのお前だろ‼」

「だから、私じゃないんですってぇーっ‼」

涙声と一緒に、チェリーが壁際《かべぎわ》の俺に飛びついてきた。

「はっ……はなれちゃだめって、言ったじゃないですかぁ……！　カンテラ、先輩が持ってるのにっ……いきなり暗くなって……ううう……‼」

俺の腕に抱きついて半泣きになるチェリーを、俺は口を半開きにさせながら見る。

「……え……今、戸、開けたの……お前じゃないの？」

「違いますよお……。か、勝手に……勝手に開いたんですっ……‼」

ほっほーう。ははーん。完全に理解したわ。

そりゃ自分の部屋の前でこんだけ騒がれてたら開けるわな？

……ということは。

俺はほとんど無意識のうちに、開け放たれた101号室にカンテラの光を向けた。戸を内側から開けた何者かがそこにいるはず——

だったが、しかし。……照らされたのは、三和土《たたき》に転がった1足の下駄だけだった。

「………かえりたい………」

「ああはいはい、頑張って早く帰ろうな……」

「うう……」

チェリーの頭を撫でて慰《なぐさ》めてやる。そうしていると、恐怖が少しばかり遠ざかるのを感じた。

こういうときだけは、やっぱりこいつ年下なんだなあと思《おぼ》わされる。

戸口の奥には短い廊下が伸び、その先に、和室に続くと思しき襖《ふすま》が見える。

その襖の向こうで、今まさにサプライズパーティの準備中ってわけですか？

チェリーは俺の服で涙を拭って（やめろ）、戸口の奥を睨んだ。

「い……行きますよ」

「マジでか……」

チェリーは俺の腕をぐいぐいと引っ張って、恐る恐る、風呂の温度を確かめるかのように、そろりと戸口を抜ける。三和土には下駄が1足――一人はいるってことなんだよなあ。

俺もチェリーも、この期《ご》に及んでは無駄口を叩く余裕がない。

土足のまま玄関を上がり、カンテラの光を頼りにゆっくりと廊下を進む。一見、おかしなところはない。荒れた様子も、あるいは血痕なども……。せいぜい埃《ほこり》が積もっているくらい。

襖の前まで辿《たど》り着いた。

中からは何の気配もしない。俺の腕にしがみついたチェリーの吐息だけが聞こえていた。

「こ……今度こそ、一緒にですよ」

「わかってるよ……」

二人で襖の引き手に指をかける。

さすがに二度同じ手は使ってこないだろう――と思いたいが、あえてということもある。

ぐおお、疑心暗鬼だ……。

「――……せーのっ！」

チェリーの合図と同時、スパンッ！　と襖を開けた。

今度こそ俺たちの手によるものだ。

が、襖を開けると同時に、俺たちは二人とも一歩後ろに逃げていた。

「なに逃げてんだよ！」

「おっ、お互い様じゃないですか！」

男女で怖い状況に追い込まれると恋愛感情が云々《うんぬん》、という話があるがアレは嘘だ。本当に怖いと相手を生け贄《にえ》にすることしか考えない。

開いた襖から少しだけ距離を取って、俺は恐る恐る部屋の中にカンテラを向けた。

畳の敷かれた和室だ……。今のところ、何か出てくるような感じはない。

「……気を付けろよ。何か手がかりを見つけたときとか、そういうタイミングで来るからな」

「やめてくださいわかってますからわかってますから！」

最初が嘘のような怯《おび》えっぷりだ。動画に収めておきたいくらいだったが、このホラー環境でチェリーまでキレさせたら始末に負えない。

気を引き締めて、二人で和室に入る。

改めて見ると、部屋は荒れ放題だった。畳は何枚かめくれているし、床の間《とこま》の掛け軸は荒々しく破れている。まるで強盗が入ったような有様だ……。

「ど……動物が入り込んで荒らしたんだろうなー。放置されて長そうだからなあここ！」

「現実逃避しないでください……。そこの畳、明らかに血で黒ずんでます」

「見ないようにしてたのに言うなよ……。やっぱりさっきの日記の奴が……」

「うーん……。日記を見るに、襲われたのはキルマの炭坑夫の人たちですよね。村長の娘さんの話だと、温泉へは日帰りで、宿泊はしてなかったんじゃ？」

「……そういえばそうだな。じゃあここには誰が泊まってたんだ？」

「…………………」

「…………………」

「黙らないでくださいよ！」

「お前が黙ったからだろ！」

なぜかはわからんが怖くなってきた。

「……とにかく何かないか探しましょう」

「そうだ、いいこと考えた。背中合わせでいれば背後から不意打ちされなくなる」

「天才！」

大抵のお化けは背後から襲うもの——これでもう襲えまい！　フハハハハハハハハ！

完璧な陣形を構築したところで、荒れた部屋をざっと見回した。ふむ。

「タンスが怪《あや》しい」

「任せます」

「ずるい！」

「そっち側にあるんですから先輩担当です！」

背中合わせの弊害《へいがい》が……！

「いいけど、お前は見張りしとけよ。幽霊が出てくるかもしれない暗闇を監視し続けろよ」

「えっ、いやです！」

「そのための背中合わせ作戦だろうが！」

「ううう……」と唸りながら、俺の腕をさらに強く掴《つか》むチェリー。絶対に離れるなということだろう。動きにくいが、このくらいは仕方がない。

背中合わせのままタンスの前に移動する。引き出しがいくつか抜け落ちていたり割れて中が見えていたりするが、無事なものも三つほどあった。

「は……早くしてくださいね……？」

「わかってる」

こっちだって怖いんだよ。引き出しに生首とか入ってたら即ログアウトするからな。

無事な引き出しは三つ。そのうち一つ目を、ゆっくりと開けた。

カンテラの光が中を照らし出して──空っぽ。

もうどんどん行こう。二つ目。今度は一息に引いた。

……何もなし。二重底も疑ってみたが、そんなこともなさそうだ。

じゃあ、三つ目……。普通の速度で開け――

「うおっ」

「ひゃえっ⁉」

背後のチェリーがびくんと跳ねた。

「な、なんですか⁉　何があったんですか⁉」

「いや、ごめん。ただの紙切れ。無意味にビビった」

「もおー！　驚かせないでくださいよー！」

「ごめんって」

俺は引き出しの中の紙切れをつまみ上げる。何か書いてあった。

『ふたりきた』

二人……来た？　二人って、誰と誰だよ。

…………………………。俺たちのことじゃないよな？

「ひッ⁉」

後ろのチェリーといきなり背中がぶつかったので、思わず肩が跳ねた。

「なんだよ！　びっくりさせんな！」

「今……今……足音が……」

「は？　そんなの――」

――ギッ……。
……聞こえましたね。完全に聞こえました。和室の外の、廊下のほうからですねコレ。
姿は見えない。襲ってくるのかと身構えた俺だったが、
――……ギッ………。
「……遠ざかってないか？」
「です……ね」
遠ざかってるってことは……玄関のほうに行ってる？　まるで逃げるみたいに。
俺は首を傾《かし》げた。その拍子だ。手に持ちっぱなしだった紙切れが、視界の端に入った。
ぞわりと総毛立った。
文章が変わっていた。
『これででられる』
これで……出られる？
……おい。待て。もしかして。
この紙切れの文章は、足音しか聞こえない『そいつ』の台詞《せりふ》で。
『そいつ』は今の今まで、ここに閉じ込められていて。
……俺たちが来たから出られるようになる？
「出るぞ！」

「えっ⁉」

「部屋から！　閉じ込められる！　『そいつ』の代わりに！」

――ギッ、ギッ、ギッ……！

足音が速くなった！

俺たちはそれを追いかけて、和室を出る。でもダメだ。いくらなんでも出遅れすぎた。開けっ放しにしていた引き戸が、ガラッと音を立てて閉められ――

「コッ……のおッ‼」

と思った瞬間、チェリーが自分の杖《つえ》をぶん投げた。

ねじくれた木に青い宝石が嵌《は》まった杖が、戸の隙間《すきま》に見事に挟まり、まるでセールスマンの靴のごとくドアストッパーとなる。

続いて俺たちが飛びつき、引き戸の隙間に腕を突っ込んだ。

こじ開けて、廊下にまろび出る。

ギッギッギッ、という足音が、廊下の奥へと逃げていくのが聞こえた。

「はあっ……はあっ……どうですか！　あははは！」

チェリーが杖――《聖杖《せいじょう》エンマ》を拾いながら、なぜか勝ち誇った。

「おまっ……その杖、レア度10だぞ！　なんつー使い方すんだ！」

「いいんですよ。どうせモンスターの攻撃以外じゃ耐久値減らないんですから」

「エンマの奴がそれ聞いたら泣くぞ……」

チェリーの《聖杖エンマ》は、オープンβ《ベータ》テストのときにエンマという重要ＮＰＣから譲り受けたものなのだ。ＭＡＯに二つと存在しない超貴重品である。

「ともあれ、これで正規ルートから外れましたよ、絶対！　本来はここで閉じ込められるんだったんでしょうからね！　このままショートカットして終わらせてやります！」

「もはやホラーのテンションじゃねえコイツ」

「さっきのお化けを追いかけましょう！　きっとそっちに何かがあります！」

「まあいいけど……あ」

さっきの紙切れを持ちっぱなしだったのに気付いた。幽霊の台詞が記してあったやつだ。

俺はそれを何の気なしに確認し、

『たすけ』

「……よし、帰ろ――」

「行きますよ先輩!!」

「ぬわ――――――っっっ!!」

俺は変なテンションになったチェリーに引きずられていった。

第8話　だからカップルじゃないって言ってるでしょ

私は怒りと恐怖に衝《つ》き動かされるまま足音を追いかけ、脱衣所に辿《たど》り着いた。

籠《かご》が入った棚が整然と並び、奥には磨《す》りガラスの引き戸。

露天風呂なのか、夕日の赤い輝きが磨りガラス越しに射し込んでいる。

「外……ってことは」

「おお……ホラーイベントじゃなさそうだな……」

先輩が心底安心した風に息をつく。まったく、情けないと思わないんでしょうか、この先輩は。……よかったぁ……。

「ん？　ここ安地《あんち》だな」

「ほんとですか？」

先輩に言われてホーム・メニューを開くと、『一時退席』のボタンが安全を示すグリーンになっていた。一時退席中はアバターがサスペンドモードになってその場に残るから、モンスターが出る場所では危険を示すレッドになるはずだ。つまり、ここはモンスターが出ない安全地帯——略して安地。

そして、ダンジョンで安地に辿り着いたときは大抵の場合、ボス部屋が近い合図である。

「さっきまでは赤でしたよね？　モンスターは出ませんでしたけど」

「サスペンドにしたらどうなってたんだろうな……」

「戻ってきた瞬間、幽霊とお見合いになっていきなり殺されるとか？」

「……ありうる」

先輩は顔を引き攣《つ》らせた。このゲームが好きそうな演出なのだ。

「わざわざ安地を設置してるってことは、ここに来て戦闘になるんですかね」

「ああ……銭湯だけに」

「温泉ですよ」

「マジレスはやめろ！」

とにかく、準備をしておくに越したことはない。

「一応バフかけておきますね。《オープン・ブック》！」

私の胸の前に大きな本が現れた。革張りの重厚な装丁《そうてい》――《スペルブック》である。

持ち主の《魔法流派》に登録されている魔法がすべて記されている本だ。ショートカットに設定していない魔法は、この本の該当《がいとう》ページを開かなければ使えない。

私みたいな完全な魔法職は、5枠しかないショートカットでは到底足りない数の魔法を使い分ける。だから戦闘中はほとんど常にスペルブックのページを繰《く》り続けなければならない。片手が塞《ふさ》がってしまうのだ。だから接近戦はまずできないし、必然的に回避能力も劣る。前衛は先輩に任せるのがいつものことだった。

「《オール・キャスト》！」

コマンドを唱えると、私たちの身体を光が包む。

私は目を閉じた。瞼《まぶた》の裏の簡易メニューに、パーティのHP及びMPが表示される。

先輩のそれの下に、剣、盾《たて》、足と3種類のアイコンが現れていた。それぞれ攻撃アップ、防御アップ、敏捷《びんしょう》アップを意味する。私のほうは盾と足だけだ。

「とりあえずこれで。《ハイ・グロウス》のページコストがまだ下がらないんですよね」

「前にお前が攻撃バフの暴力でボス瞬殺したせいで絞られてんじゃねえの。実際あのあと全体的に弱体化《ナーフ》されたし」

「……やっぱりそう思います？」

《オール・キャスト》は、そのとき開いているページに記された魔法を、すべて同時に発動するコマンドだ。最大で4種類まで発動できるけど、《ハイ・グロウス》のページコスト――つまり記述の長さは丸々1ページに及ぶので、これを含むと3種類が限度になる。

「……んじゃ、行くか」

「はい」

戦闘だとわかって、一気に普段の空気に戻った。

先輩はカンテラをインベントリに放り込んで、愛剣たる《魔剣フレードリク》を背中から抜《ばっ》剣《けん》する。私もまたスペルブックを開いたまま、《聖杖《せいじょう》エンマ》を握り締めた。
先輩が前に出て、空《あ》いた左手で磨りガラスの戸を開ける。
湯気が溢《あふ》れ出てきた。
白い闇、というほどではない。けれど、奥にあるはずの湯船はまだ見えない。
濃い湿気に包まれながら、濡れた岩場を進む。
すると、湯気の向こうに、白く濁った温泉が薄っすらと見えてきた。
気持ちよさそう、と反射的に思った私を、先輩が左腕を伸ばして制する。
立ち止まって目を凝《こ》らすと、……湯気に、人影が映っていた。
温泉に、誰かが入っている……。
「――ウキャッ！」
湯船の手前に、唐突に子ザルが現れた。あれは……この旅館に私たちを導いた……。
「ウキャッ、ウキャッ！」
私たちを見て、子ザルは喜ぶように飛び跳ねる。
可愛らしい姿だけど、この子は結局、私たちに何をさせたかったんだろう？
そんな疑問を抱いた瞬間、
「「あっ」」
ぽちゃん、と音を立てて、子ザルが温泉に落ちた。

ただでさえ濡れて滑りやすい場所なのに、飛び跳ねたりするから……。

「――いけない子」

直後、声が聞こえた。

湯気の向こうから、場所に似合わず冷淡な、女性の声が。

「せっかく、わらわだけのものになったのに。性懲《しょうこ》りもなくニンゲンを連れてくるなんて。

……あの野卑な男どもがそんなに大事なの、お猿さん？」

湯気に映った人影が、立ち上がる。

そのシルエットがあまりにメリハリ豊かだったので、うわっと思う私。なんてサイズだ……。

ブラジャーを探すのがすごく大変そう。あ、こっちの世界だと要《い》らないのか。

だけど、重要なのはそのスタイルの良さではなかった。

その手が、子ザルの首を掴《つか》み上げていたことだ。

「キャッ……ウキ……ア……」

「見逃してあげた恩も忘れて……そんなにわらわの迷い家に泊まりたい？　……構わないわ。部屋ならまだ空いているもの。極上の地獄が見たいなら、何泊でもさせてあげる」

迷い家？　……まさか……この旅館は！

「でも、その前に」

真相に思い当たったそのとき、子ザルがぽいと放り捨てられて、温泉の中に沈んだ。

人影の長い髪がゆらりと揺れて、こちらのほうを見る。

「お客様をもてなさなくちゃね？　ええ……たとえ、勝手にお部屋を出てしまう礼儀のなっていないお客でも……タダで返すのは、六尾《ろくび》の名折れだもの」

シルエットが変容した。

背中から大きな尻尾《しっぽ》が覗《のぞ》いたかと思うと、頭の上に三角の耳が二つ伸びた。

「……むっ。狐《きつね》っ娘《こ》……！」

先輩が唸《うな》るように呟《つぶや》いたので、私は目を細めてその脇腹を聖杖の石突きでつつく。

「うおわっ！　いきなり何をする！」

「うるさいです。なんか感染症的なもので死ねばいいんです」

「何を想像してんだよ！　人を勝手にケモナーに――」

「わらわの前でイチャつくな無礼者がぁあーっ‼」

湯気の向こうの狐女が怒鳴り声を上げたので、私たちはびっくりして視線を戻した。

驚いたのは怒鳴られたからじゃない――今、私たちの会話に反応した？

「え……AI実装型⁉」

「クエストボスのくせに自律《じりつ》判断機能が……⁉」

普通、この手のボスは決まった台詞《せりふ》しか話さないことが多いのに……！

「忌々《いまいま》しい！　忌々しい忌々しい忌々しいっ‼　どうせ貴様らも、ニンゲンが勝手に作った縁結びの伝説とやらに釣られてきたのであろう！　ざぁーんねぇーんでぇーしたぁーっ‼　そんなもの、ここにはありませぇーんっ‼　カップルで温泉に入ろうなどという不埒者《ふらちもの》は、このわらわが一組残らず、死によって別たってくれるわあぁあっ‼」

威厳を一気に脱ぎ捨ててヒステリックに喚《わめ》き散らかすと、湯気に映ったシルエットがさらに変容した。

むくむくと巨大化し、ふさふさと体毛が生え、そして四足歩行へ。

それは大方の予想通り、大きな狐の姿だった。

紡錘形《ぼうすいけい》の尻尾が6本生えている。九尾《きゅうび》の狐よりも格が落ちるってことかな？

ゴウオッ！　と風が唸った。

湯気のカーテンを吹き散らしたのは、青白く輝く火の玉——狐火だった。2発、それらは湯気を貫《つらぬ》き、私と先輩に迫り来る。

先制攻撃。完全な不意打ち。だけど、

「カップルじゃ」

「ないって！」

「「言ってるでしょ《だろ》‼」」

私は杖から火球を放ち、先輩は炎を纏《まと》わせた剣を振るい、迫る狐火を相殺《そうさい》した。

青白い火の粉が花火のように散る。

杖で、剣で、それを振り払いながら、私たちは温泉の方向に視線を据えた。

巨大な金色の狐だった。

俗なことを言っていたくせに、どこか高貴さを感じる赤い双眸《そうぼう》が、高圧的に私たちを見下ろしている。

その背後、遥《はる》か彼方《かなた》に横たわった水平線に、赤い夕日が沈もうとしていた。今のムラームデウス島は真昼のはず――だからその夕日は、この場所が、そしてさっきまでの廃旅館が、この世ならぬ異空間であることを示していた。

血のような夕日に立ち向かうように、私たちはそれぞれの得物《えもの》を突きつける。

「お前に恨みはねえし、温泉に入りたいわけでもねえけど――」

「――振りかかる火の粉は払い、根も葉もない噂《うわさ》は正す主義です。覚悟してください！」

六尾の狐はぐるると唸り、大きな口を不快そうに歪《ゆが》ませた。

「………息ピッタリなのがさらに腹立つ～………‼」

TIPS 15
スキル

キャラクターが修得した技術を表すもの。それぞれに熟練度という数値があり、使えば使うほどそれが上がり、効果が増す。《スキルスロット》の数が許す限りしか装備することができない。

TIPS 16
クラス

職業。キャラクターのステータスに倍率補正をかける。主に装備スキルの組み合わせで決定される。

TIPS 17
ステータス

キャラクターの基本性能を表す数値。HP（体力）、MP（魔力）、STR（筋力）、VIT（耐久力）、DEX（器用さ）、AGI（敏捷性）、MAT（魔法攻撃力）、MDF（魔法防御力）の8種類。DEXは急所攻撃の威力を上げ、AGIは走行時の速度と跳躍力を向上させる。計算式は以下の通り。

{(基礎ステータス+ステータスポイント)×スキル補正×クラス補正}+装備補正値=ステータス

TIPS 18
魔法流派

使用可能になる魔法とスキルを設定したもの。《流派レベル》を上げることで流派に設定された魔法やスキルを覚えることができる。流派レベルが最大になると免許皆伝となり、最大レベルと《流派キャパシティ》の上がった新たな魔法流派を作ることができる。

魔法流派は流派キャパシティの許す限りで自由に構成することができるが、二つだけ制限がある。

一つ、すでに覚えたものしか設定できない。新たな魔法やスキルを修得するためには、他プレイヤーもしくはNPCの流派に入門するか、《スクロール》を使用する必要がある。

二つ、元となった基本流派に準じたものしか設定できない。すべての魔法流派は3種類の基本流派——すなわち、《ウォーリア流》、《ウィザード流》、《プリースト流》のうちどれかの派生である。そのため、《ウォーリア流》の流れを汲む流派では、《ウィザード流》に属する魔法やスキルを設定することはできない。

世界のどこかには、魔法流派を一時的に上書きしてしまう魔法も存在するという。

る。

《六尾の金狐《きんこ》　Lv93》——ポップアップしたネームタグの下に、緑色のＨＰゲージが１本伸びる。

それが確認された瞬間、チェリーが即座に詠唱《えいしょう》した。

「《ファラゾーガ》‼」

ぶっ放されたのは、子供なら丸々包み込めるほどの火の玉である。

俺の頭上を飛び越したそれは、温泉に半身を浸《ひた》した《六尾》の顔面に炸裂《さくれつ》した。

「ウゥゥアアッ‼」

《六尾》は煩《わずら》わしげな声を発したが、ＨＰゲージの減少はせいぜい２パーセント——相手のＨＰの前にチェリーのＭＰが尽きるだろう。

「炎系は効きが悪そうですね」

「引きつける！」

「了解です！」

正確には『(俺が）引きつける（から何が効くか調べろ）』で、かなり言葉が抜けていたのだが、チェリーは打てば響く速さでスペルブックをめくった。

俺は温泉に浸《つ》かった《六尾》に向かって走り出す。

ヤツが湯船の中心にいる以上、肉迫するのは難しい。湯の中に踏み込めばたちまち機動力を失い、クラスの関係上、耐久力が低い俺はあっという間にHPを失うだろう。

普通なら攻撃魔法を撃ちまくって注意を引く《ヘイトを稼ぐ》ところだが、生憎《あいにく》、今ショートカットに入れている魔法は炎属性——さっき効きが悪いと証明されたばかりだ。

つまり、物理で殴《なぐ》る他にない。

「第二《キャスト・ショートカット》発動」

《縮地《しゅくち》》を起動する。敏捷性《AGI》に1・1倍の補正をかける常在型《パッシブ》スキルで、ショートカットから起動すると、ほんの3秒間、補正倍率を爆発的に向上させる。

その倍率——実に2倍。

俺は跳んだ。

AGIは走る速さのみならず跳躍力にも反映される——俺は一息に湯船の直上に身を躍《おど》らせ、《六尾》の顔面に迫った。

「おらっ……！」

鼻先を思いきり斬りつける。《六尾》は痛そうに呻《うめ》いたが、ダメージはさっきの《ファラゾーガ》と同じか少し超える程度だった。

推進力も使い果たし、あとは真下の温泉に落ちるしかない——このままなら。

「第三《キャスト・スリー》ショートカット発動！」

俺はすかさず《焔昇斬《えんしょうざん》》を発動した。

《六尾》の鼻先を大きく斬り上げ――同時に、身体が真上へと上昇する。

疑似2段ジャンプ。

体技魔法の発動中は自動でアバターが動かされる――それを邪魔することは、重力を司《つかさど》る物理エンジンでさえ叶《かな》わない。

頭上に舞い上がった俺を、《六尾》が忌々《いまいま》しげに睨《にら》み上げた。

よーしよし……いい子だ。しばらく俺と遊んでもらうぜ。

蠅《はえ》を叩《たた》き落とすように、《六尾》は前足で上空の俺を攻撃する。当然、空中では避けようがない。ないのだが――当然ながら、この展開は最初から織り込み済みだ。

迫り来る《六尾》の前足が、刹那《せつな》、スローになった。

パッシブスキル《受け流し》の効果である。

主観時間で1秒しかない猶予《ゆうよ》を存分に使い、俺は前足を《魔剣フレードリク》で弾《はじ》いた。

とは言っても、ただ攻撃をいなしただけじゃない。

俺が欲しかったのは反動。横向きのベクトルだった。《受け流し》が終わり、世界が通常速度に戻った瞬間、俺は重力に摑《つか》まれて落下する。ただし、着地点は温泉の中ではなく――

ふさふさした金色の毛を左手で摑む。そこは《六尾》の背中だった。そう、ここに来たかったんだ――四足歩行のモンスターは大体、背中に取り付かれると攻撃できない！

「ボーナスッ、タァーイムッ‼」

ザクザクザクグサグサグサザクッ‼　と《六尾》の背中を斬って斬って斬りまくった。

《六尾》は悲鳴を上げて暴れる。このときばかりは俺も斬るのを休んで、吹っ飛ばされないようしっかり体毛を掴む。

そして動きが治まるのを待って、また斬りまくった。

ＨＰゲージがゴリゴリ減った。２割くらい減った。

このままいけるんじゃね？　などと甘いことを考えるも、

――ごろん、と《六尾》がその場で転がる。

忘れてはいけないんだが、《六尾》は温泉に浸かった状態である。

その状態で転がったりすれば、背中にいる俺はどうなるか。

「ごぼごぼがばがばごぼ⁉」

さっさと離れればよかった。調子に乗った者の末路だった。

幸い、いきなり熱いお湯に全身を包まれて驚いただけで、ＨＰに支障はない。……が、さすがに体毛を掴み続けることはできなかった。

上体を持ち上げて水面に顔を出す。

すると、全身ずぶ濡れになった大狐《おおぎつね》が、忌々しそうに足元の俺を見下ろしていた。

「あ、やっべ」

大きな前足が俺を叩き潰《つぶ》すべく動いた。

「《ギガデンダー》‼」

横向きに稲妻が飛来する。それはずぶ濡れになった《六尾》に直撃すると、ズバァチィ‼

という凄《すさ》まじい音を炸裂させた、
《六尾》の巨体がビリビリと痙攣《けいれん》する。……あと、同じ温泉に浸かっている俺も。

「お、お、お、お、お、お、お、お、お‼」

痛くはないけど、気分的には超痛い‼

俺は這《ほ》う這《ほ》うの体《てい》でバチバチ帯電する温泉から転がり出ると、チェリーに猛抗議した。

「おまえーッ‼　フレンドリーファイア‼」

「麻痺《まひ》対策してるから大丈夫でしょう？」

ニコニコして言いやがる。そりゃステータス的には平気だけどさあ！

「それより見てくださいよ。HP」

「あん？　……おっ」

さっき俺が2割削ったHPが、今は残り5割まで来ている。

「たぶんずぶ濡れになったせいですね。電気がよく通ります」

「なるほど。俺GJ《グッジョブ》」

「別に自分で自分を褒《ほ》めなくたって、私が褒めてあげますよ。偉いですねー、よしよし」

「ぶっ飛ばすぞ！」

俺は頭を撫《な》でようとしてくるチェリーの手を振り払った。

「ウゥゥウウ……ッ！」

《六尾》が忌々しげに唸《うな》りながら、全身を震わせて水気を払う。

「許さぬ……許さぬ……！　息の合った連携を見せつけおってぇええっ……！」

「なんか不本意な怒られ方なんですけど」

「電撃で全身痙攣したことより重要なのか、それ？」

ボス戦で連携したら怒られるってどういうことだよ。

「もはや容赦《ようしゃ》はありえぬ。我が妖力《ようりき》、一片と残さず味わうがいい……‼」

怒りのこもった台詞《せりふ》が響き渡ると同時――背後にあった廃旅館が、ぐにゃりと歪《ゆが》んだ。

「うえっ⁉」

「消える……！」

目が回ったかのように歪んだ廃旅館は、すうっと透明に消えていった。

残ったのは、崖《がけ》の中腹からせり出した大きな岩場だけ。

やっぱり、あんな旅館、そもそも存在しなかったんだ。

思えば、休憩室で見つけた日記には、旅館なんて一度も出てこなかった――

「おや？　あそこにいるのは……おーい！」

「お二人ともー！　だいじょうぶですかー!?」

森が見えるほうで、白衣の女と甲冑《かっちゅう》を着た女子小学生が手を振っていた。

旅館の外で待っていたブランクとウェルダだ。

二人はこっちに来ようとしている感じだったが、いま来られるとぶっちゃけお荷物！

「来るな！　来るなよ！　絶対こっちに来るなよ！」

「それはフリかー？」

フリじゃない！

もう一度念を押そうとしたが、

「先輩！　前！」

《六尾》の６本の尾が、孔雀《くじやく》の尾羽のように広がっていた。

その隙間《すきま》で、赤い夕日が目映《まばゆ》く輝く——まるで後光《とも》を背負う千手観音《せんじゆかんのん》だ。

扇《おうぎ》のように広げられた尾の先端に、青白い狐火が灯る。その熱によってか、濡れた金毛《きんもう》が見る見る乾いていった。ここから第二段階ってわけか？

「温泉の中からは動きそうにないな」

「何か仕掛けがあるんじゃないですか？　今のところ、ごり押し感強いんですけど」

「お前がショートカットするとか言い出したからだろ！　ヒント見逃してんだよ絶対！」

「さ、さあ？　何のことでしょう？」

「誤魔化すの下手《へた》か！」

ヒントらしいヒントといえば、あの日記くらいか。

いやでも、奪われて手元にないから見返せないし……そんな不親切にするか？

「もう一回ずぶ濡れにできれば電気が通ると思うんですけどね」

「温泉そのものは狙えないのかよ」

「角度的にかなり近付かないと——あっ」

「うおっと！」

話している間に、尾の先に灯った狐火が飛んできた。空気に青の軌跡を残しながら、雨のように俺たちに降り注ぐ。しかし、実際に当たりそうなのはそのうち2発——俺は咄嗟《とっさ》にそれを見極めると、《魔剣フレードリク》で続けざまに叩き落とした。

「はー……ほんと、冗談みたいな反射神経ですね」

「ふっふふ。もっと褒めるがいい」

「偉いですねー。よしよし（なでなで）」

「それしかねえのか！」

尾の先端に再び炎が灯る。あれが主《おも》な攻撃手段か。

「弾き返しても大して効きそうにないよな」

「火には抵抗がありますから」

「じゃあ結局ごり押しか――」

と、覚悟を決めかけたときだ。

「ウキャッ」

あの子ザルの声が聞こえた。

《六尾》に放り捨てられて温泉に沈んだはずだが、その姿は右手に聳《そび》える崖の中腹にあった。

狭い崖棚から見下ろす小さな身体の背後に、さらに多くの小さな影が見える。

あのトゲトゲの小動物は――

「……《シビレハリネズミ》？」

このナインサウス・エリアに生息するモンスターの一種。背中のトゲが帯電していて、攻撃を喰らうと麻痺状態になる――

「「あっ」」

そういうことか！

俺たちが得心の声を上げた直後、「ウキャーッ！」と子ザルが号令するように鳴いた。

それを受けて、1匹のシビレハリネズミがボールのように身体を丸めて崖を転がってくる
――そして地面で一度跳ねると、俺たちの目前を横切るような軌道を取った。

なるほどな……！

意図を理解した俺は、転がってくるシビレハリネズミに向かって走る。

降り注ぐ狐火を避けながら、丸まったシビレハリネズミを足元に捉《とら》え、

「シュゥーッ！」

蹴り飛ばした。

「ああっ！　かわいそう！」

「大丈夫だ！　ボールは友達！」

「友達は蹴り飛ばしませんよ！」

確かに……。

蹴り飛ばされたシビレハリネズミは放物線を描き、ぽちゃん、と温泉の中に落ちた。

「――――ッ⁉」

直後に響く、ヴァヂィッ‼　という身が竦《すく》むような音。

青白い稲光が温泉から迸《ほとばし》り、《六尾》が痙攣して硬直――尻尾からの狐火攻撃も止《や》んだ。

合図は不要だ。

チェリーが即座に《ギガデンダー》をぶっ放し、続いて俺が間合いを詰める。

湯船の縁《へり》からジャンプして、胸元の辺りを２回斬りつけてからの、

「第四《キャスト》ショートカット・発動《フォー》！」

トドメの体技魔法。風刃《ふうじん》と共に刺突《しとつ》する《風鳴撃《ふうめいげき》》だ。

切っ先が突き刺さった大狐の胸から、赤いダメージエフェクトの光がきらきらと舞った。

俺は《風鳴撃》の反動で弾き戻され、再び湯船の縁に着地する。その頃には《六尾》の硬直は終わっていた――HP残り2割。

「もっかいだもっかい！」

背後のチェリーに叫んだ。ちょうど2匹目のハリネズミが崖から転がってくるところだ。

「えー？　私が蹴るんですかー？　あーもう、仕方ないで――」

「ではわたしが。えいっ！」

チェリーが動こうとした寸前、黒と白が入り交じった髪の女が白衣をはためかせながら走ってきて、転がるシビレハリネズミを思いっきり蹴り飛ばした。

ボールのように丸まったシビレハリネズミが、放物線を描いて飛んでいく。

《六尾》の遥《はる》か頭上を越える形で。

「おー、飛んだ飛んだ」

「何してるんですか⁉」

「ええー……だって嫌そうだったから……」

「ポーズですよポーズ！　はいはい言うこと聞いてたら先輩が調子乗るでしょ！」

俺は《六尾》の前足攻撃を躱《かわ》しながら、大狐の頭上を飛ぶシビレハリネズミを見上げた。

「――ア」

振り下ろされた前足の上に飛び乗る。

「──ホ」

そこからジャンプして、《六尾》の頭に着地。

「──かっ！」

さらにそこから、全力で跳躍した。

《縮地》はまだクールタイム中だ。だから感覚でわかった。いくら敏捷性《びんしょうせい》を鍛えているとは言っても、これだけでは数十センチ、シビレハリネズミに届かない。

これだけでは──俺だけでは。

「《エアーギ》！」

そのとき、俺の意思に応《こた》えるかのように、足の裏を風が押した。

残りの数十センチが埋まり、剣の先がシビレハリネズミの針に引っかかった。

「よっ……っと！」

そのまま帯電するハリネズミを真下に叩き落とす。

ぽちゃんっ──ヴァディッ‼　と音が続いて、《六尾》が再び痙攣した。

そのあとは、さっきの繰り返しだ。

一気呵成《いっきかせい》に攻撃して、《六尾》のＨＰゲージは一片残らず消滅したのだった。

第10話　カップルの人間離れ

「はっ……はわわ……はわわわわわわわわ……」

臨戦態勢を解いて振り返ると、ウェルダちゃんが打ち震えながら、きらきらした目で私たちを見つめていた。

え……ええ？　何？　このヒーローを見る子供のような目。

「ぴょんっ、ぴょーんってしました……！　そんでギューンって！　なんでーっ!?」

「ぴょーん？」「ぎゅーん？」

「君たち……今の一連のプレイは、一体いつ打ち合わせたんだ？」

要領を得ないウェルダちゃんの代わりに、ブランクさんが質問してくる。こちらはどこか唖然としているような目だった。

私と先輩は首を傾《かし》げる。

「今のって、どれのことですか？」

「あれじゃね？　お前、俺の足場作るときに《エアーギ》を曲射しただろ。普通、魔法ってまっすぐにしか飛ばないからな」

「ああ、なるほど。あれはよく知られたテクニックで、魔法を撃った直後に照準方式をマニュアルからロックオンに切り替えるんです。わずかですが猶予時間《ゆうよ》がありまして、そうするとあらぬ方向に撃った弾がロックオン対象に向かっていくという――」

「いや、それもなんだが。ついでに言えば、当たり前のようにケージ君がボスの頭を蹴ってジャンプしたこともなんだが。……合図らしい合図もしなかったのに、一体どうやってあの連携――《エアーギ》を足場に2段ジャンプをするなどという神業《かみわざ》を可能ならしめたのか、と、わたしとウェルダはそれが聞きたいのだよ」

ぶんぶん！　とウェルダちゃんが拳《こぶし》を強く握り締めて肯《うなず》く。

神業なんて大仰《おおぎょう》な言い方をされて、私と先輩はますます困ってしまった。

「どうやって、と言われましても……」

「あれ、よくやるよな？　高さがちょっと足りねえなってときに」

「ですよね。届かなそうだなってときに下から押すだけですし、神業だなんて大袈裟《おおげさ》な」

私たちは首を傾げる。確かに初心者には無理な芸当だろうと思うけれど、互いの実力を把握した上級者ならば、さほどおかしなプレイじゃないはずだ。

「……お、おおーう……。そうか、これが古《いにしえ》より伝わる、『俺、何かやっちゃいました？』か……よもやこの目で見ることができようとは……」

「すごいですーっ！　感動しましたっ！　ウェルダもあんな風にできたらなあ……」

「いやいや、それほどでも。頑張ればウェルダちゃんにもきっとできるよ？」

さすがにこうも純粋に憧《あこが》れの目を向けられると、多少は嬉しくなってしまうというものだ。

思わず頬を緩《ゆる》めていると、ウェルダちゃんはさらに目を輝かせて、

「いえいえっ！　あんなの**カンペキに信頼している人**とじゃないとできませんっ！　まるで**長年寄り添った夫婦**みたいでした！　チェリーさんはすごく**ケージさんのことを理解しているん**ですねっ！　プレイから**ケージさんのことが大好き**だっていうのが伝わってきましたっ！　ウエルダにもそんな人がいたらなーっ！」

「…………………………（ぷるぷる）」

ち……ちが……。私はただ、先輩のＡＧＩ数値から届かないのを察しただけで……！

言葉が出ないでいるうちに、先輩が「ぷくっ」と小さく噴き出した。

「へえ～……。お前、そんなに俺のこと好きなんだ。ふう～ん……」

「なっ、何を調子に乗っているんですかっ！　わ、私はただ、先輩としかしたことがないから、身体が先輩のプレイに慣れてしまっているだけで……！」

「――ふむふむ。『身体が先輩のプレイに慣れてしまっている』っと」

「ブランクさんが言うと変な意味に聞こえるんですけど‼」

フェイクニュースを未然に隠滅したところで、この話題は終了とした。

空を見上げると、太陽が西に傾いたところにある。ボス戦専用の空間から通常空間に復帰したようだ。瞼《まぶた》の裏の簡易メニューにある現実時間の時計は、午後7時前を指している。

冬のムラームデウス島はすごく日が短い――あと1時間もすれば、夜の帳《とばり》が東の空から下りてくるだろう。その前に温泉を汲《く》んでキルマの村に帰れるかな？　でも、それより先に晩御飯に呼ばれちゃいそうだなあ。

「――うっ……うっ……」

不意に、どこからか啜《すす》り泣きが聞こえてきた。

廃旅館の中でだったらきっとすごく怖かっただろうけど、こんな太陽の下じゃ怖がってもお化け屋敷デートの彼女みたいに白々しくなるだけだ。私はそんな恥知らずな真似はしない。

温泉のそばに、白襦袢《しろじゅばん》を着た女性がぺたんと座り込んでいた。

輝く金髪に、頭には狐《きつね》の耳、お尻にはふさふさした尻尾《しっぽ》――変身前の《六尾の金狐《きんこ》》だ。白襦袢が曲線的な身体にぴったりと張りついていて、むしろ裸より扇情的《せんじょうてき》に見える……。

「行ってみよう」

それを見るなり先輩が真面目《まじめ》くさった顔で言ったので、私は聖杖《せいじょう》エンマで背中を殴《なぐ》った。

「どおえっ!?　なに!?」

「先輩は行っちゃダメです」

「ホワイ!?」

「なんとなくです！　ダメ！」

「まあまあ。チェリーちゃん、束縛の強い女の子は嫌われるよ？」

「……そういうんじゃないですし。束縛強くもないですし。私は物分かりいいほうですし」

「いや、断言するけど、君、絶対重いタイプだから。メールが1日返ってこないだけで病《や》み始めるタイプだから」

「そんなこと！　……ない、と、思い、ます」

そりゃもちろん、私を無視して誰か他の人と遊んでたらと思うと腹は立ちますけど。

それが女の人だったら尚更ですけど。

先輩のくせに私をむげに扱うなんて許されませんけど！

結局、先輩も交《まじ》えて全員で啜り泣く狐女に近付いた。

狐女は顔を伏せたまま、誰にともなく呟《つぶや》き始める。

「わたしはただ、温泉が好きだっただけなのに……悪いこと何にもしてないのに……」

いや、あなた何人か殺《や》っちゃってますよね？

先輩が困った顔で私のほうを見る。

「……これ、無視してもいいのか？」

「ここで永遠に啜り泣かせておくっていうのはどうかと……」

「かわいそーですっ」

「それ言ったらたぶんコイツに殺《や》られただろう炭鉱夫の人たちはもっと可哀想だけどな」

「――だって」

先輩の言葉に反応してか、狐女が顔を上げた。

胸が揺れた。

先輩の目が動いた。

脛《すね》を蹴った。

「男の人なんて汚いわ。気持ち悪いわ。お湯が汚れちゃうもの」

「……じゃあ女の子なら？」

「女の子なら大丈夫」

あからさまな男女差別に、先輩が呆《あき》れた顔になる。

「いや、男だろうと女だろうと、人間なら誰しも垢《あか》は出るだろ……」

「でも……でも……だって……」

ぐすぐすと泣きながら、狐っ娘《こ》は言う。

「男の人が入ったお湯になんて、わたし……無理よ、絶対無理！　て、手も握ったことないのに……！　いきなり老廃物からだなんて！　こ、高度だわ。わたしには高度すぎるわっ！」

……………えーと。

今までの台詞《せりふ》からなんとなく察してはいたけれど、この狐……。

「うんうん。わかるわかる」

微妙な顔になる私、先輩、ウェルダちゃんをよそに、ブランクさんだけが同意を示した。

「あまりにも男と接点がないと、何でもないことが全部エロく思えてくるんだよなー」

「……ブランクさん、おいくつですか？」

「17歳でーす☆」

　少なくとも17歳という年齢に価値を感じる歳《とし》ではあるらしい。

「まあここはわたしに任せてくれ。何せこじらせた処女というのは厄介《やっかい》だ。男は言うに及ばず、卒業相手が内定している若い女の言うことなどすべて逆の意味に捉《とら》えてしまう」

「ないてっ……!?　誰がですかっ！」

「そういう甘酸っぱい反応も毒なのだ。おとなしくしていてもらおう」

　うううっ。それじゃ私が先輩に抱かっ……みたいでしょ！　先輩が私をっていうならともかく――ああいや、今のも違うっ！

　ブランクさんが白衣を靡《なび》かせ、ぐずぐず泣く狐女の前に跪《ひざまず》き、その肩に優しく手を置いた。

「君の気持ちはわかる。とてもよくわかる。男が入った後の湯になど浸《つ》かったら、『これは実質抱かれたと言ってもいいのでは？』と思ってしまうのは当然のことだ」

「や、やっぱり!?」

　私は突っ込みたい気持ちをぐっと堪《こら》えた。

「だが、話の文脈から察すると、君はどうやらその男たちを殺してしまったようだな。それはいけない。せっかくの嫁《とつ》ぎ口が」

「ああっ……！　い、いや、でも！　ダメよ、あんな野卑な人たち！　わたし、尻尾が6本もあるのよ⁉　偉いのよ⁉　もっと、こう、ゴツくないけど筋肉質で、優しいけど頼もしくて、お金持ちだけど偉ぶらない人じゃないと……！」

「うむ。良い理想だ。理想は高く持つべきだ。いずれ理想通りの男が現れるに違いない。運命が引き合わせてくれるに違いない。外見に惑《まど》わされず、内面を純粋に愛してくれて、でも外見も褒《ほ》めてくれるに違いない！」

「矛盾《むじゅん》の塊《かたまり》かよ。現実逃避の極み――」

「うんうん。先輩もそういう風になってほしいものです」

「俺に人格破綻者《はたんしゃ》になれと⁉」

私もたまには可愛いって言われたいときがあるんだから、いい感じに察してほしいものだ。

「だが！　……だがだぞ、狐君」

ブランクさんは狐女の肩を掴む手にぐっと力を込めた。

「それにも確率というものがある。いずれ君を幸せにしてくれる彼が現れるに違いないが、その確率は決して高いとは言えない。確率は高めるべきだ。できうる限りの手段でな」

「そ……それって……？」

「出会いを増やすのだよ」

にっこりと、ブランクさんは慈愛に満ちた笑みを浮かべた。

「あの旅館は君が作っていたのだろう？　それを本当に経営するのだ。人が集まれば出会いが増える。その中に君の運命の男性がいるかもしれん」

「そ……それって、たくさんの人を湯に入れるってこと……？　そんなの、わたし……！」

「大丈夫だ。男湯と女湯に分ければいい！」

「あっ！」

「あとはわたしを無料でいくらでも泊めさせてくれさえすれば完璧だ！」

ちょっと！　それが目的でしょ！

「話はまとまったな。名を聞こうではないか、同志よ」

「六衣《むえ》です！」

「六衣よ、旅館を再生するのだ！　今度は綺麗に、清楚《せいそ》に、イケメンが来そうな感じに！」

「はいっ！」

というわけで、旅館が再生した。

今度は廃墟じゃない。現実の温泉地にあってもおかしくない、堂々たる木造和風建築だ。

それに伴って、半透明の何かが天へと昇っていくのが見えた。

よく見ると、それは人のように見えた。

ウキャッ、と声がしたかと思うと、あの子ザルも一緒になって空へと消えていく——

これはあとで狐——六衣さんから聞いた話だけど、元々、この温泉は動物しか場所を知らない秘湯《ひとう》だったらしい。あるとき、とある炭鉱夫が子ザルと仲良くなって、果物を対価に温泉まで案内してもらうようになったそうだ。

　そこでキレたのが六衣さんだ。炭鉱夫たちを呪い殺して、妖力《ようりき》で作った迷い家にその魂を監禁してしまったのである。案内していた子ザルも同罪で殺されたけど、旧知の仲だったために魂だけは見逃された。で、炭鉱夫たちを哀《あわ》れに思った子ザルが私たちに助けを求めた――

　たぶん、廃旅館の中をもっと探索していれば、そのあたりのことも事前にわかったんだろうけど――まあ、過ぎたことは仕方がない。私も先輩も、どうやらVRホラーはてんでダメらしいし。こういう系のクエストは金輪際《こんりんざい》ごめんだ――

「そういえば、あなたたち、どうしてわたしが炭鉱夫を殺してしまったって知ってたの？」

「あなたの日記ですよ。休憩室にあった」

「ああ、そんなところにあったの!?　恥ずかしい……」

「あはは、なに言ってるんですか。あなたが持っていったじゃないですか」

　冗談交じりに突っ込むと、六衣さんはきょとんと首を傾げた。

「あなたたちに会ったのはお風呂場が初めてよ？」

　…………………そういうオチ、本当にいらないから!!

Library

TIPS 19

体技魔法

魔法のうち、自分の身体や武器を媒体とするもの。その多くはウォーリア系クラスの攻撃技で、発動中、アバターが自動で動かされ、ほとんど自由が利かなくなる。一方、直前の姿勢や慣性、重力などを完全に無視できるというメリットもある。

TIPS 20

ファラゾーガ

炎属性上級攻撃魔法。《ファラ》系第三段階。《ファラミラ》の上位にして、《メテオ・ファラゾーガ》の下位。ウォーリア系、ウィザード系の魔法流派が共通して使用できる遠隔攻撃魔法の中では、最大の対単体威力を持つ。

TIPS 21

NPC

ノン・プレイヤー・キャラクター。人間によって操作されていない、プログラムのみで動くキャラクターのこと。MAOのNPCには、決まった台詞しか言わない《ボット》、自由な会話が可能な《AI》、そしてこの世界がゲームであることを理解している《メタNPC》——またの名を《電子人類》——の3種類がいる。

TIPS 22

ムラームデウス島の時計

ムラームデウス島の時計は、現実時間で1時間進むうちに2時間進む。日の出・日の入りは季節によって変わるが、プレイヤーのログイン率が上がる深夜から朝、夕方から夜にかけての計2回、昼間がやってくる設定になっている。ムラームデウス島の住民(NPC)たちもこの時計に従って生活しているが、一部の商人などはプレイヤーたちの生活習慣にも対応しているようだ。

第11話　妹に勘付かれる

新生した六衣《むえ》の旅館を俺たちが見て回り終えた頃には、外は赤い夕焼けに包まれていた。

目的の温泉も汲《く》み終えたし、そろそろ村に戻るか、という話をし始めたところ、

「キルマに帰るの？　それは……よしたほうがいいんじゃないかしら」

いつの間にか割烹着《かっぽうぎ》まで着て、すっかり女将《おかみ》になってしまった六衣が言ったのだ。

「行きはお猿さんに案内してもらったんでしょ？　もうあの子はいないんだから、森で迷うかもしれないわよ？　日没も近いし……夜の魔物の恐ろしさは、冒険者であるあなたたちが一番よく知っているんじゃない？」

確かに日が落ちて月が昇ると、モンスターのレベルは5から10ほども上がる。そうなると《魔物払い》も効かない。もちろん狩りの旨味《うまみ》は増すが、暗くなるとミスも起きやすくなる。

それに、夜の人類圏外には、たまにアホほど強いモンスターが唐突に現れることがあるのだ。《月の影獣《ルナ・スペクター》》と呼ばれる連中で、最前線《フロンティア》プレイヤーの死因ランキング第1位をほしいままにしている化け物である。

「今日は泊まっていくといいわ。わたしのお客様第一号になって！」

そこまで言われては断りにくい。

「じゃあ、まあ、せっかくだし……」

「1泊しちゃいますか？」

そのとき、ちょうど俺の耳に電子音が鳴った。現実世界からの着信《コール》だ。

通話ウインドウを呼び出すと、相手は妹のレナだった。

『お兄ちゃん、ご飯だよー。すぐ来れる？』

俺は話し始めたチェリーと六衣に背を向けながら答える。

「おう。ちょうど一区切りついたとこだから──」

「せんぱーい！　部屋どうしますー？」

「ぶッ⁉」

背後からチェリーが大きな声で！

『──ねえねえねえ！　女の子の声聞こえたんだけど！　誰？　誰⁉』

あぁあああ聞かれた‼

妹のレナは超楽しそうな声で、

『学校で孤高気取ってるなーと思ったらゲームの中でちゃっかりカップル化してたのっ⁉　も ー早く言ってよそういうことはー！　あたしがそれをどれだけ待ちわびてたか！』

古霧坂礼菜《こきりざかれな》──俺の妹にして、チェリーこと真理峰桜《まりみねさくら》のクラスメイトである。

誰がお前みたいなデバガメ女に『ゲームの中に女友達がいます。正体はお前のクラスメイトです』なんて言うか！　根も葉もない妄想のネタにされるに決まってる！

チェリーから離れつつ声を潜《ひそ》めた。

「い、いや勘違いだ……！　今のはゲームのキャラの声！」

『えー？　でも今、「先輩」って――』

「そう呼ぶキャラもいんの！　出会い頭《がしら》から人を先輩呼ばわりするキャラが！」

『でもでも、今の声、どっかで聞き覚えが――』

「切るぞ！　すぐ行くから！」

一方的に通話を切り、ふうーっと溜め息をつく。

「先輩？　どうかしたんですか？」

「いや……」

こっちには気付かれなかったか。

色恋沙汰《ざた》を感知したときのレナの面倒くささは、友達であるこいつもよく知っているはずだ。

失態に気付かれないうちに、うまいこと誤魔化しておかないと。

「晩飯に呼ばれただけだ。そろそろ一度ログアウトしないと」

「そうですね。じゃあログインポイントを――」

「部屋取ったわよー！」

フロントから六衣が手を振った。タグの付いた鍵を手に握っている。

宿屋にはHPとMPを全回復させる他に、死亡時やログイン時の復帰ポイントになる機能がある。普通、人類圏外に復帰ポイントはないのだが、この旅館は例外のようだ。

「はい、二部屋ね」

じゃらりと、チェリーが2本の鍵を受け取る。

「201号室と202号室ですね」

「結局行かなかった2階だな……」

「じゃ、私が201で。先輩はこっちを――」

「ん？　何してるの？」

チェリーが鍵を1本俺に渡そうとすると、六衣は不思議そうに首を傾《かし》げた。

「1本はブランクさんとウェルダちゃんの分よ？」

「「は？」」

えーと……何を仰《おつしや》っておられる？

俺たち二人の視線に射貫《いぬ》かれてなお、六衣は怪訝《けげん》そうな顔をした。

「えっと、二人で一部屋でよかったのよね？」

〈お帰りなさいませ。ケーブルを抜き、アタッチメントを取り外してください〉

目の前にそんな表示が現れると、俺はこめかみの辺りにあるケーブルを引き抜いた。

それから《LYNY》《リーニー》を頭から取り外す。

「……ふう」

俺は自室のベッドで仰向けになっていた。

上体を起こして伸びをすると、ほとんど手癖《てくせ》で、リーニーのアタッチメントを取り外す。すると、円環状だったそれは、単なる眼鏡になった。

昔のSFによく登場したヘルメット型のVRデバイスは、結局、夢のままに終わった。

実際に登場したのは眼鏡型。普段はAR眼鏡として機能しつつ、据え置きの本体に接続したときだけVR機能を解放するハイブリッドデバイス・《LYNY》だ。

枕元に置いてある黒い四角形の機械がリーニーの本体——《バースポート》である。今時の電子機器にしては大きいほうで、受験用の参考書くらいある。仮想世界に入ってる間はどうせ動かないんだから携帯性なんぞ要《い》らんという理に適《かな》った設計だった。

眼鏡モードのリーニーを掛け直すと、視界が明瞭《めいりょう》になった。小さい頃からのゲームが仇《あだ》になって、俺は近眼である。だからリーニーにも視力に合わせた度が入っていた。

さて……どうやってレナの追及を躱《かわ》すべきか……。

「——おにーちゃーん！」

思案しようとしたそのとき、部屋の扉がバーンと開かれた。

礼儀もクソもない勢いで入ってきたのは、ショートカットのちょっとボーイッシュな雰囲気の女。つまり、俺の一つ年下の妹——古霧坂礼菜である。

「戻ってきたね！　さあ話を聞かせてもらうよー？」

利便性と安全性の観点から、俺が仮想世界に行ってるかどうかは家族の携帯端末から確認できるようになっている。俺がログアウトしたのを見て飛んできやがったんだろう。

レナは俺がベッドを降りるよりも早く、床に放ってあったクッションの上に座り込んだ。

こいつ、動くつもりがねえ。

「いや、メシだろ？　早く行かないと——」

「だいじょーぶだいじょーぶ！　お母さんには『お兄ちゃんに春が来たかもしんないから調査してくる』って言ってきたから！」

「被害が拡大してんじゃねえかよ！」

ますますもってめんどくせえー！

「ねえねえ、どんな子？　どんな子？　可愛い？　あ、ゲームじゃわかんないか。ん？　でも先輩って呼ばれてたよね。まさかウチの学校の子!?　だれだれだれ!?　あたし知ってる!?」

超グイグイ来るなコイツ！　しかも結構鋭い！

「だっ……だからゲームのキャラだって！　NPC！」

「それはそれでアリだよ！　次元を隔《へだ》てた報《むく》われない恋！」

「本人を目の前にして報われないとか言うな！　あ、いや違うけど！」

この妹は、もうとにかく半端《はんぱ》じゃないくらいの恋愛脳である。二次元三次元異性同性フィクションノンフィクション、一切の分け隔《へだ》てなく森羅万象《しんらばんしょう》で掛け算をする。

そんなに色恋沙汰が好きなら彼氏でも作れよと思う兄だったが、実際にそう言ってみると、

『したいんじゃないんだよ、お兄ちゃん！　見たいの！　眺めたいの！　自分の恋愛とかどうでもいい！　あたしがなりたいのは少女漫画のヒロインじゃなくて、その友達なの！　いや！　それじゃあ全部見られない！　やっぱり壁！　カップルがいる部屋の壁になりたい！』

などとオタク特有の早口でまくし立ててくる始末。

実際、告白してきた男には例外なく別の女子を紹介しているというのだから恐れ入る。

それ以外は非常に出来のいい奴なのだが……（だから俺と違って結構モテる）。

「うーん。おかしいなー。あたしのカップルセンサーがビンビンに反応したのになー。ついにお兄ちゃんに理想の彼女が！　って思ったのになー」

「本人を差し置いて理想の彼女を思い描くな。っていうかどんなだよ、それって」

「えっとねー。お兄ちゃんゲームオタクでぼっちだから、ギャップとしてその反対の要素が欲しいよね。パッと見リア充で社交的で……その上で通じ合うところがあればベスト？　ってことは……ああ、そうだそうだ！　サクラちゃんが一番近いかな！　中学の頃、アナログゲーム同好会入ってたし！」

「…………………」

俺は努めて知らんぷりをした。

「…………サクラ、って、どんな奴だっけ?」

「知らないの、お兄ちゃん? ウチの学校じゃ有名人だよー。学園のアイドルってやつ?」

「……ふーん」

知ってる。毎日のように会ってるから。

「ほんとすごいんだよ? 1回、靴箱からラブレターが雪崩《なだ》れ落ちてきたとこ見てね、『うわ、リアルで初めて見た!』って思ったよー」

「へえー」

それも知ってる。本人に自慢されたから。

「まあそれも仕方ないっていうか。サクラちゃん、今時珍しいくらいお淑《しと》やかで清楚《せいそ》だし」

それは知らない。珍しいくらいなんだって?

「どうかした?」

「いや、なんでも……」

お淑やかで清楚、とは一体……。『ナルシストで性悪』を意味する若者言葉かな?

「まあ有名人度合いで言えばお兄ちゃんも負けてないけどね」

「いやそれは初耳なんだが」

「教室でゲームしながら憚《はばか》りなく奇声を上げてるらしいじゃん」

「え？　声出てたの？」

心の叫びのつもりだった……。

「学校一の変人と学校一の美少女が実は隠れて付き合ってる！　……っていう設定、どう？　古典的だけどそこがいい！」

「人で勝手に妄想して古典的とか言うな。ないから。ない」

「ちぇー。そっかー。ま、そうだよねー。お兄ちゃん、初恋の人ギャルゲーのヒロインだもんね。なんて言ったっけあの――」

「さあメシだあー腹減ったなー！」

「あっ、逃げた！」

俺は迅速《じんそく》に部屋から脱出した。

幼き頃、従兄《いとこ》が持ってきたギャルゲーのパッケージを持って『ぼくこの人と結婚する！』と触れ回ったのは大いなる黒歴史なので永遠に封印する！

「待ってよー！　結局どんな子なのー!?」

妹から逃げ延びるべく、俺は階段を駆け降りた。

俺と真理峰桜の間には、少なくとも現実世界においては、一切の関《かか》わりがない。

そんな俺たちが出会ったのは、この妹がきっかけだということを、本人は知らない。

第12話　私の先輩がモテるわけがない

先輩と時を同じくしてログアウトし、夕食ができるのを待ってゆったりとしていると、クラスメイトのレナさんから端末にメッセージが来た。

〈やばい！　お兄ちゃんに彼女ができたかも！〉

「……は？」

正気とは思えない発言に、私は眉をひそめる。

レナさんの『お兄ちゃん』といえば、すなわち先輩のことだ。何を隠そう、私はレナさんから話を聞いて、先輩に興味を持ったのだから。

もう2年ほど前のことになる――こっそりと覗《のぞ》いた上級生の教室、その隅っこで、古めかしい携帯ゲーム機に夢中になっている人がいた。周りのことなんて丸っきり気にせずに、ゲームにひたすら没頭している人がいた。

その姿が、あのときの私には、すごく――

「………………」

部屋の隅にカバーを被《かぶ》せて放置してある脚付きの将棋《しょうぎ》盤を視界から外す。

……とにかく、あんな現実世界が見えているのかも怪《あや》しい人に、彼女？　またまた、冗談がきつい。そもそもゲームの外では女子との接点なんてないはずだし。強《し》いて言えば私くらいだし。私だって現実で話す機会なんてそんなにないし。私の知らないところで彼女を作るなんて、そんなの物理的に不可能だし——

ぐるぐると頭の中で反論を連ねているうちに、別の友達から反応があった。

〈あの古霧坂《こきりざか》先輩に彼女ですかぁ？〉

〈実在すんの？　どうせまたレナちゃんの妄想ちゃうん？〉

うん、そう、そうだよね。レナさんの妄想！　あーもうなんだ人騒がせな——

〈いやいや、今回はマジだよ！　声も聞いたから！　あたしは確信したね。あの声は絶対可愛いよ！　あたしにかかれば、声を聞いただけで性格と外見までわかるからね！〉

……いやいや、そんな、まさか、いやいやいやいやいや。世迷《よま》い言《ごと》もいいところだ。どうせ聞き違いだろう。シミュラクラ効果みたいなものだ。大体、声だけで性格と外見までって。……でもレナさんって、色恋沙汰《ざた》においてはオーギュスト・デュパンみたいな洞察力があるから……。

私は唾《つば》を飲むと、端末に口を近付けた。

「さ、……参考までに、どんな人だと思う？」

音声入力した文章からつっかえたところだけ取り、送信。

するとと待つまでもなく、レナさんは水を得た魚のように次々と答え始めた。

〈あの声は、たぶん小柄なほうだね〉

ふむ。

〈コミュ力は高そう。基本的に礼儀正しいけど、気に入った人にはぐいぐい行きそう〉

へえ？

〈あ、それと先輩って呼んでたから、もしかしたらウチの学校の子かも〉

なるほどー…………………。

「私じゃん」

あー、あー、あー……。わかった。ようやく理解した。さっきＭＡＯの中で先輩が誰かと通話していたけど、あの相手がレナさんだったのだ。そこに私の声が入り込んだ……。

「……なぁんだぁ……」

はあ、と息をつく。

本当に、本当に、人騒がせな――まあ、冷静に考えてみればそうだよね。あの先輩に、男性的な魅力を感じる女子なんてそうそういるわけがない。口下手《くちべた》だし、気が利《き》かないし、全然構ってくれないし、およそ恋愛感情を抱く余地のない――

〈あの声はかなり惚《ほ》れ込んでるね！〉

さらに続いたレナさんの発言に、「ふぐっ」と変な声が出た。

〈大好きで大好きでいつも構ってほしいけど、ストレートに言うのは恥ずかしいからつい意地悪しちゃう、そういう声だったね！　間違いない！〉

「～～～～～～～～～～～～～～～～～～～っっっ‼」

顔が一気に熱くなって、私はベッドの上で蹲《うずくま》る。

〈どこまでわかんねん。超能力者か笑〉

〈あの先輩をそこまで好きになる子なんていますぅ？〉

〈ちょっと想像できひんわなぁ。あの先輩、他人のこと認識してへんくない？〉

〈デート中もゲームしてそうです〉

〈あっ、ごめんなレナ。お兄さんのこと悪ぅ言うて〉

〈もっと言っちゃって！　そういう人に彼女がいるっていうほうが尊《とうと》みが深い！〉

〈よく自分のお兄さんでそういう妄想ができますね。ある意味尊敬します〉

枕に顔を押しつけて冷やしながら、私は唇を少し曲げた。

……まあ、みんなの言うこともわからなくはないけど。口下手で気が利かなくて他人のことをあんまり認識してないのは事実だけど。

みんなが思っている先輩と、実際の先輩は、全然違う。

ああ見えて面倒見がいいし、遊びに誘えばなんだかんだで来てくれることもあるし――

「……そういう人を好きになる人も、世界に一人くらいいるよ」

音声入力されたその文章に、〈たぶん〉とだけ付け加えて、送信した。

TIPS 23

LYNY(リーニー)

VR・AR・MRすべてに対応したXRデバイス。ARグラスとして普段使いできる一方で、アタッチメントを装着してケーブルで据え置きの本体——《バースポート》に繋ぐとフルダイブ可能なVRデバイスになる。LYNYという名称の由来は聖書の一節、『Love Your Neighbor as Yourself(汝の隣人を汝自身のように愛せよ)』から。

TIPS 24

スペルブック

魔法流派に設定したすべての魔法が記された本。UIの一種であり、ロストすることはない。ショートカットを用いない場合、この本を開き、使いたい魔法のページを探し、魔法の名称を詠唱するというプロセスを経なければならない。記述の長さは半ページ、1ページ、見開きの3段階。これは《ページコスト》と呼ばれ、短いほど《オール・キャスト》コマンドによってたくさん同時に使用することができる。

TIPS 25

月の影獣(ルナ・スペクター)

夜の人類圏外に出没する超強力モンスター。影絵のような真っ黒な姿で、一切の法則なく徘徊し、無差別にプレイヤーを襲う。《月の影獣》はNPCからの呼び名であり、ネームタグは姿形に応じて《TYPE:GIANT》《TYPE:BEAST》といった表記になっている。しかし、通常のモンスターとは違い、レベル表記が一律で『???』になっており、HPも視認できない。非常に難しいが、攻撃し続ければ倒すことも可能。

第13話　浴衣姿を褒める

夕飯を食べ、風呂に入り、忘れずにトイレにも行って、俺は布団《ふとん》を被《かぶ》る。

そのまま寝てしまっても問題ない状態で、再びリーニーをバースポートに接続した。

せっかく温泉旅館に泊まるのだから、今日はＭＡＯで寝ることにしたのだ。ＶＲ外泊である。

リーニーのディスプレイからＭＡＯのアイコンを瞬《まばた》き２回、ダブルクリック。するとアイコンが泡のようにぷちぷちと弾《はじ》け、視界が黒く暗転していく――

次に瞼《まぶた》を開けたとき、俺は石の祭壇のようなものに横たわっていた。

壁や天井にツタが這《は》う、古びた石室である。祭壇を降りると両脇の壁に姿見があり、慣れ親しんだＭＡＯのアバターを映していた。現実のそれから少しだけいじった顔に、黒と緑を基調とした軽鎧《けいよろい》とコート――それを確認すると、俺は前に進む。

狭い石室の奥には扉があり、その表面にはこんな文字が刻まれていた。

【Magick Age Online】

【ログイン地点：ナインサウスエリア・恋狐亭《れんこてい》】

【ようこそ、時代の礎《いしずえ》となる者よ】

あの旅館、恋狐亭って名前になったのか――

などと思いつつ、俺はノブを握り、MAO——ムラームデウス島への扉を開けた。

「……ん。お帰りなさい、先輩」

「おう」

畳敷きの和室だった。広さは12畳くらいで、二人でも手狭には感じない。

敷居を越えた奥には椅子が二つ置かれた広縁がある。広縁の窓からはナイン山脈を一望できたが、今はムラームデウス島も夜だった。見えるのは水平線まで続く星空くらいだ。

チェリーは行儀よく正座してお茶を飲んでいた。……様になるなあ、こいつ。まあ当然か。昔は正座が生活の一部みたいなもんだったわけだしな。

俺は座卓を挟んで向かい側の座布団に胡坐《あぐら》をかく。ブーツと剣は自動的に非実体化していた。

「……うーん」

俺はさっきも確認した自分の姿を見回す。

「どうしました？　こっちの先輩の格好はそこまでダサくないですよ」

「現実《あっち》のはダサいみたいな言い方やめろ」

「いやダサいですから。前に遊びに行ったときに見た格好、さすがにヤバかったですよ。なんですか、あの『ぬののふく』って書かれた謎Tシャツ」

「えー。気に入ってるんだけどなあ……」

たまたまネットで見つけて衝動買いしたのだ。以来、夏はそれを何種類か着回している。

「そうじゃなくてだな。旅館の和室で戦闘服ってのも、なんか落ち着かねえなあと思って」

「そうですか？」

「お前は和風デザインだからだろ」

チェリーの装備は紅白を基調とした、どこか巫女《みこ》装束《しょうぞく》を思わせるものだ。掛け襟《えり》トップスとスカートの上に肩出しの紅白ローブを羽織っている。

そして、足には白いニーソックス。絶対領域完備。うん。

「……先輩。何かエロいこと考えてません？」

「考えてません」

「二人部屋だからって変なこと考えちゃダメですからね？」

「ははは。家も一緒なのに何を今さら」

「その割には、私が今日はこっちで寝ようって言ったとき、目が泳いでましたけど？」

にやにや笑いながらチェリーが言うので、俺はさりげなく目を逸《そ》らした。

……そう。結局、二人部屋を受け入れることになったのだ。

もう一部屋用意してもらうことももちろんできたのだが、この旅館も経営者が妖怪とはいえ商業施設である――部屋を用意するには金がかかった。そして、このゲームでは死ぬと所持金を落としてしまうため、人類圏外では必要最低限しか金を持ち歩かないのがセオリーだ。

そういうわけで、不可抗力である。

「あ、そうだ。服が落ち着かないなら、さっきちょうどいいのを見つけたんですよ」

おもむろに立ち上がったかと思うと、チェリーはメニューを操作する仕草をした。

直後、全身に光を纏《まと》い、一瞬にして違う服装に変身した。

浴衣《ゆかた》だった。

袖《そで》を掴《つか》んで、両腕を広げてみせるチェリー。

「じゃーん」

淡い桜色の浴衣の上に、紺色の羽織を纏っていた。

「インベントリを開いたら別タブに置いてあったんですよ。どうですか？　似合います？」

「…………………………」

めっちゃくちゃ似合う。

かわいい。やばい。

なんでピンク髪で浴衣が似合うとかいう奇跡が起こるの？　浴衣の色合いのおかげ？

「……にゅふふ」

唐突に、チェリーは羽織の袖で口元を隠した。

「ありがとうございます、先輩」

「な、なにが？」

「顔におっきく書いてありますよ？　『超似合ってる』って」

口元は隠されているが、によによ笑っているのが目元だけでわかる。

「恥ずかしがらずに、口に出してくれてもいいんですよー？」

「……んぐぐ」

『そんなこと思ってない』とは口が裂けても言えないレベルで似合っていたし可愛いしマジヤバいので、口籠《くちご》もるしかなかった。

「ほらほら！　思いの丈《たけ》を言葉にしてみてくださいよ！　か・わ・い・い。たった四文字でいいんですよ？　簡単なお仕事じゃないですか！　かっわいい！　そーれかっわいい！」

……だんだんウザくなってきた。

「――いやいや全っ然似合ってないな！　似合ってなさすぎてビックリした。やっぱピンク髪に浴衣はないわー。まだ紫髪のほうが似合うレベル」

目を逸らし、我ながら意味不明な貶《けな》し方をする。こんなんじゃ嘘だって速攻バレるだろ！

恐る恐る、視線をチェリーのほうに戻すと――

固まっていた。

アバターがバグったのかと思うほど、俺を煽《あお》っていたときのままの表情で静止していた。

かと思うと、ぽすん、と座布団の上に座り込む。

「………そうですか。似合ってないですか」

背筋がひやりと冷える。

なんだ、今の暗い声。……もしかして、落ち込んだ、のか？

と思ったら、

「わかりました元に戻します似合ってないんですすもんねお目汚し失礼しましたっ！」

ヤバい！　これ落ち込んだんじゃない！　キレてるんだ！

俺はメニューを操作しようとしたチェリーの手を咄嗟《とっさ》に摑み——口を滑らせた。

「悪い今の冗談！　可愛すぎてムカついただけだから！」

チェリーが目を丸くして、俺の顔を見る。

そして、すぐに顔を逸らす。

だけに留《とど》まらず、手の甲を口に当てるようにして表情を隠してしまう。

「なっ……なんですか、『可愛すぎてムカついた』って……」

手だけじゃ、顔のすべては隠しきれない——グラフィックがバグっているのでなければ、チェリーの顔は真っ赤になっているように見えた。

「そ……そんな台詞《せりふ》で喜ぶと、思ってるんですか？　これだから、恋愛ゲームでしか女性経験のない人は……」

「お、おう……」

絶好のからかいチャンスではあったんだが、なんとなく茶化すのは憚《はばか》られた。

俺は赤くなったチェリーの顔を見つめることしかできない。

「一言余計なんですよっ、一言！　だ、だから――」

口元は手で隠したまま、目が、再び俺のほうを見る。

「――もっとちゃんと、褒《ほ》めてください」

束《つか》の間、心臓が破裂しかける。

頭の中がこんがらがって、まともに働きそうになかった。

それでも俺は、言うべき言葉をなんとか探し出す。

「かわいい」

「ん」

「超似合ってる」

「はい」

「えーと、それから……」

「それから？」

「……ヤバい」

俺の語彙力《ごいりよく》がヤバいわ。

と思ったが、しかし。

「えへ」

チェリーは顔を隠すのをやめて、嬉しそうにはにかんだ。

……あ、浴衣姿よりそっちのがかわいい。

「？　どうかしました？」

「いや……」

今度は俺のほうが顔を逸らす。

さすがに、そこまでは口にできなかった。

第14話　ゲームの休憩でゲームをする

「ふーん。浴衣《ゆかた》、先輩もそこそこ似合ってますよ？」

「そうか？」

「私には負けますけど！」

似合ってて可愛くてヤバいからなー、私は！　先輩のお墨付きだからなー！

「完全に調子乗ってやがる……」

「おや？　何か言いました？　私の浴衣姿を手放しで大絶賛してくれたせ～んぱいっ♪」

「うっぜぇえええええぇぇぇ……！」

さてさて、浴衣姿になって気分も乗ってきたところで、部屋を出てみることにした。

客室の玄関にあった下駄《げた》を履《は》いて、廊下へ。

廃墟だったときは歩くたびにギシギシ床が鳴っていたけど、今はしっかりとしたものだ。

「エントランス行ってみましょうよ。六衣《むえ》さんがお土産屋《みやげや》さん用意してるらしいですよ」

「どっから売り物調達してるんだ……？」

階段を降りて、エントランスに出た。

六衣さんから聞いた通り、フロントの脇に土産物のお店がある。けど、入口の看板に『準備

中　女将《おかみ》より』と書かれていた。

「むう。こう焦《じ》らされると何が売り出されるのか気になってくる」

「武器とかは売ってくれないと思いますけど」

「なんか意味ありげなキーアイテムっぽいやつとか……」

「──おーい！」

振り返ると、エントランスの一角に設《もう》けられた談話スペースで、ブランクさんが手を振っていた。隣にはウェルダちゃんも座っている。二人とも浴衣姿だったけど、ブランクさんのほうは浴衣の上に羽織ではなく白衣を纏《まと》っていた。

「……浴衣に白衣ってどうなんですか？」

そのアグレッシブなファッションについて指摘すると、ブランクさんは「フフフ」と意味ありげに笑う。

「我が純白の衣《ころも》は、いつ如何《いか》なるときもわたしに霊感を与えてくれる……」

「「で？」」

「ううっ！　ステレオで辛辣《しんらつ》……！」

身振りは大袈裟《おおげさ》なくせにメンタルが弱い。

「先生はですねっ、いつもこの格好なんですよっ！　ＭＡＯの中では！」

「リアルでは違うんですか？」

「現実ではジャージとか着てますっ！」

ジャージですか……。

「……ま、まあ、コスプレだよ、一種の」

「コスプレ……」

「たまにこれしか着ていないことがある」

「マジのプレイじゃないですか……」

裸白衣って。前を閉じてなかったらノーガードだ。新婚でも絶対着ない。

ブランクさんは唐突に胸を隠すようにしながら自分の身体をかき抱き、先輩を見上げた。

「……想像したでしょ。えっち」

「チェリーみたいなことを言うな」

「えっ⁉　私そんなイメージ⁉」

「チェリーちゃん……君、あざといなあ……」

「すいませんっ。ちょっとイラッとしちゃいましたっ！」

「風評被害！　風評被害です！」

私そんなんじゃないもん！

抗議の意味を込めて拳《こぶし》をぽかぽかぶつけるけれど、先輩は気にもせず、ブランクさんたちの向かい側のソファーに座った。

「君たちはこれからお風呂かな？」

ブランクさんが訊《き》いてきたので、私は「んー」と首を捻《ひね》る。

「さっきリアルで入ってきたんですよねー」

「だよな。ちょっと間を空《あ》けたい」

「わたしたちは一足先に入ってきたぞ。なかなかいい湯だった。眺めもいいし」

「気持ちよかったですーっ」

へー。ＶＲの水の感触って、ちょっと違和感ある印象なんだけど、改善されたのかな？

ブランクさんが不意に、にやりと不敵な笑みを浮かべる。

「時間があるのなら、風呂の前に一勝負どうかね？」

「勝負？　何でですか？」

「ＭＡＯでの暇潰《ひまつぶ》しと言ったらこれだろう」

そう言ってブランクさんが何か操作すると、机の上に1枚のゲームボードが出現した。

３×２で６つのマスが２セット、中央で向かい合っていて、その周囲を森を模したジオラマが取り囲んでいる。マスの両脇にはひとつずつ、何かをセットする長方形の窪《くぼ》みがあった。

「《エイジタクト》か」

先輩が呟《つぶや》く。

《エイジタクト》とは、ＭＡＯのデータを流用・改造して作られたカードゲームだ。ＭＡＯ運営のＮａｎｏとは無関係な別のチームが運営している。ＭＡＯのキャラクターや実際に起こったイベント等をカードとして操り、相手プレイヤーのライフを削りきることを目指す、ポピュラーなタイプのデジタルカードゲームである。

有志製作ながらクオリティが高く、ＭＡＯプレイヤーの間ではしばしば待ち時間にプレイされる。競技性もあり、ＭＡＯ最大の娯楽都市にして賭博《とばく》都市である《アワー・ラスベガス》では頻繁《ひんぱん》に賞金制大会が催《もよお》されていた。

「無論、君たちも嗜《たしな》むのだろう？　特にチェリーちゃんのほうは、大会で優勝したこともある腕前と聞いているよ」

「まあ……それこそ、嗜む程度ですが」

ブランクさんは白衣の懐《ふところ》から（出した風に見せかけてインベントリから）カードの束――デッキを取り出し、ゲームボードの右手側にある窪みにセットした。

「一手ご教授願おうじゃないか。我が高レアもりもり大人の財力デッキに勝てるかな！」

「そういうの、私たちの間では小学生デッキって呼んでるんですけど……」

私もインベントリからデッキを選んで取り出すと、右手側の窪みにセットした。

「まあ、せっかくなので１戦だけ。手加減しませんよ？」

「望むところだ！」

５分後。

「……まだやります？」

「のお……おお……手札が……手札がもう……」

もはや何もできなくなったブランクさんのライフを、私は介錯《かいしゃく》とばかりに焼き尽くした。

ブランクさんはがくりとソファーから崩れ落ちる。

「何も……何もできな……我が……我が課金の結晶たちが……」

「今更かもだけど」と先輩。「こいつ、ガチガチのコントロールデッキしか使わない陰《いん》キャだから、フリー対戦には向かないぞ？」

「陰キャって！　先輩にだけは言われたくないんですけど！」

じっくり腰を据えて読み合いをするほうが性《しょう》に合ってるだけです！

「くうっ……！　このまま引き下がれるか！　出《い》でよ、我が弟子ウェルダ！」

「はいはーいっ！　やりますやりますっ！」

ぴょんっとウェルダちゃんが私の対面に座り、ボードにデッキをセットした。

ツインテールをふりふり、犬の尻尾《しっぽ》のように揺らす彼女に、さすがに私は提案する。

「デッキ変えようか？　ウェルダちゃん」

「だいじょーぶですっ！　ウェルダ、先生より強いですよっ！」

「でも……」

「手心を加えようとは、ずいぶんと余裕じゃないか、チェリーちゃん」

小学生の弟子の後ろで、いい大人の師匠《ししょう》が不敵な笑みを浮かべた。

「そんなに自信があるのなら、罰ゲームでも設定するかね?」

「……何か腹案《ふくあん》がおありの顔ですね」

「無論。ウェルダに負けたらケージ君とチューしろ!」

びしっ、とブランクさんの指が先輩を指した。

私と先輩は顔を見合わせ、ぱちくりと目を瞬《しばた》く。

「……は、はあっ?」

「おっ、俺は関係ねえだろ!」

「は! ナイスアシストと言ってほしいがね! ここでチューのひとつでもして気分を盛り上げておけば、温泉でもさぞ盛り上がることだろう! 式の仲人《なこうど》は任せてくれたまえ!」

盛り上がるって。式って! だとしても、この人が仲人は普通にイヤだ!

「なあに、勝てばいいのだよ、勝てば。それとも、負けるのがそんなに怖いかね?」

安い挑発。別に怖くなんてない。……ただ、不要だというだけだ。

……この人はどこまで見透かしているのだろう。ふざけたにやにや笑いの向こうから、私たちが何を望み、何を拒《こば》むのか、全部見られているような感じがする。

後ろから先輩が、私の肩にそっと手を添えた。

「おい、チェリー……」

「ビビらないでくださいよ、先輩。私が信用できませんか？」

かすかに笑いながら振り向いて、私は言う。

「心配しなくても、先輩のファーストキスはまだお預けです」

「……誰も初めてだなんて言ってねえけど」

はいはい。今日も強がりお疲れ様です。

にやにや笑うブランクさんと、何やらキラキラした目で私と先輩を見るウェルダちゃんを対面に、私はゲームボードの左端にある先後決定ボタンに手を伸ばす。

仮想ルーレットが回った結果、私が先攻でウェルダちゃんが後攻になった。

「よろしくお願いします」

「よろしくお願いしますっ！」

《エイジタクト》は互いに30点持ったライフポイントを削り合うゲームだ。

盤面に自分の兵隊に当たる『ユニットカード』を繰り出し、使い切りだけど強力な効果を発揮する『イベントカード』を駆使して相手に攻撃する。

最大の特徴は『流派システム』と言って、対戦中にプレイヤーの能力をカスタマイズできるのだけれど——まあ、細かいルールは調べてもらうとして。

「私のターンだね。MPを1消費して経験値を貯めて、ターンエンド」

先攻を取った私は、速《すみ》やかにターンを渡した。私が使うコントロールタイプのデッキは、カードの消費を最小限に抑えながら相手の攻撃をいなし続ける『受け』のデッキだ。基本的に相手が何もしてこないうちはやることがない。

さて、ウェルダちゃんはどういうデッキで来るのかな？　クラスは私と同じウィザードのようだけど、とするとやはり、早い段階から積極的にライフを削ってくるアグロデッキか――

「ウェルダですね！　経験値を1貯めてターンエンドです！」

おっと、出せるユニットがなかったのかな？　まあよくあることだ。たとえ軽いコストでデッキを固めていたとしても、手札事故を完全に避けることは――

「経験値を貯めます！　流派レベルを上げてエンドです！」

「スクロールカード《火球の極意》で流派スキル《ファラ》を覚えます！　《ファラ》で《ずる賢いゴブリン》に1点ダメージ！　エンドです！」

――3ターン目を終えた頃には、私は認識をすっかり改めていた。

コ……コントロールだ！

この子、私のデッキを知った上で、あえて同じデッキをぶつけてきた！

「うげえ……コントロールミラーかよ……」

先輩が顔をしかめて呻《うめ》く。その反応も無理はない。コントロールデッキ同士の対戦――ミラーマッチは、よりカードの消費を抑えたほうが勝つ。つまり我慢勝負だ。

本来10分程度で終わるはずの対戦が30分以上続くこともザラにあり、しかも終盤には自分と相手がどのカードを使い、どのカードをまだ残しているか、しっかり把握していることが勝敗に直結する——一言で言うと、とても面倒臭《めんどうくさ》いマッチアップである。

そんな勝負を、小学生と思われるウェルダちゃんが自《みずか》ら挑んでくるとは。

私は気合いを入れ直し、本気で勝つために頭の中でゲームプランを組み立てた。

——ウィザードコントロールミラーではレベル4流派スキル《ファラゾーガ》をより早く撃ち始めたほうが勝つけどそのためには盤面を支配している必要があるテンポにリソースを注ぎ込むのは終盤の息切れに繋《つな》がるけど回復手段さえ確保すればバーン勝負で——

「……おおおお……見ているだけで頭が爆発しそうになってきたぞ……」

「ああああっ、めんどくせええーっ……！　俺ならもう手札使ってるわ……」

私もウェルダちゃんもすっかり喋《しゃべ》らなくなって、手札と盤面を睨《にら》み続けていた。ゲーム進行を全部自動でやってくれるのがデジタルのいいところだ。頭の中だけに集中できる。

決着のカウントダウンは進む。じりじりとした緊張感の中で、互いのライフが徐々に減っていく。あとは、いかに正確に勝ち筋を見切り、貯め込んだ手札を放出するか——

「——うん」

ちょうど私が、具体的な計算に入ったときだった。

ウェルダちゃんが深く肯《うなず》き、ずっと温存していた手札の1枚を切った。

「《導きの巫女《みこ》エンマ》を場に出します！　さらに《ゴブリン砦《とりで》の炎上》をプレイして、流派スキル《ファラゾーガ》！　チェリーさんに合計12点ダメージです！」

ライフを詰めに来た⁉

私のライフにはまだ余裕があるし、このプレイへの備えもある。切り札を切ったのに決着に届いていない。どういう意図が……？

考えながらカードをドローして、「あっ」と声を上げた。

デッキが、残り1枚になっていた。

エイジタクトでは、デッキが0枚の状態でカードを引くとダメージを受けるルールだ。

もし、私がここでウェルダちゃんの攻撃に対処すれば、それで1ターンを消費。そこを突いてウェルダちゃんがさらなる攻撃を仕掛けてライフを削れば、デッキ切れが迫った私は回復に徹さざるを得ない。回復手段は潤沢《じゅんたく》に残してあるけど、もちろん1ターンですべて使えるわけじゃないから、次のターンでデッキ切れダメージが入って――

間に合わない。

私が回復しきるより、ウェルダちゃんがライフを削りきるほうが一手早い！

嘘でしょ……？　私の手札を完全に把握した上で、数ターンに亘《わた》って繰り広げられるライフの足し算と引き算を完全に読み切った動き。それはまさしく、熟練の将棋《しょうぎ》指し――いや、AＩソフトのような計算力だ。

30分に亘《へ》る精神的消耗戦を経てもなお、にこにこ楽しそうなツインテールの少女を見る。

「……ウェルダちゃん、何者？」

「ウェルダは先生の弟子兼護衛ですよー？」

判を押したような答えに、私は笑った。

別に何者だっていいか。

今は私の、対戦相手だ。

私は今の今まで手札で腐っていたカードを手に取ると、盤面に叩《たた》きつけた。

「《平等な蠱惑《こわく》》を発動。お互いにデッキからカードを2枚引きます」

「……えっ？」

「デッキにカードがないのにドローカードを!?」

ウェルダちゃんがぱちりと目を瞬《まばた》き、ブランクさんが大仰《おおぎょう》に驚くけれど、狙いは単純だ。

私はウェルダちゃんの手札を指差した。

ここまで貯めに貯め込んだ8枚のカード。おそらくはほとんどが火力系――私のライフを削るカードだと思われるけれど、そこに一縷《いちる》の可能性がある。

「手札の上限枚数は10枚――それ以上にカードを引くと、引いたカードは消滅する。《平等な蠱惑》で10枚。そしてウェルダちゃんのターンで11枚――もし11枚目のカードが火力系の、例えば2枚目の《ゴブリン砦の炎上》だったら？」

「……あうう……！」

「ここで私が受けるデッキ切れダメージを入れても、私のライフを削りきれなくなる。返す手で火力を出して私の勝ち」

これは私に不利な運試し。

ギリギリまでカードを引いていたことから、キーカードがデッキの底にありそうなのには気付いていた。ウェルダちゃんのデッキは残り3枚。決着ターンである次の次のターンまでに、ドロー系のカードで全部引き切るつもりだったのだろうけど、私がその計算を崩した。

残り3枚のうち、今から2枚を引く。その中に目的のカードがあればウェルダちゃんの勝ち。なければ私の勝ち。これはそういう勝負だった。

運勝負の結果は、計算では導き出せない。

「さあ、カードを引こう、ウェルダちゃん」

私は手早く自分のデッキの最後の1枚を引き、そして2ターン後に受けるはずだったデッキ切れダメージを1点受ける。この時点では、このダメージは問題にならない。

ウェルダちゃんは強張《こわば》った顔で、自分のデッキに手を伸ばした。

1枚目。引いたカードをそっと覗《のぞ》き込み――ウェルダちゃんは涙目になる。

「あうあうあうあうあうあうあううう～っ……‼」

「頑張れウェルダ！　確率は2分の1だ！　決して低くないぞ！」

ブランクさんの声援は、たぶん逆効果だ。勝ち確定だったはずの試合が、なぜか2分の1の運否天賦《うんぷてんぷ》になってしまったのだから、それだけで精神的ダメージは大きい。

まあ、精神がどうであろうが、運命は変わらないんだけど。

ウェルダちゃんはぎゅっと目を瞑《つぶ》って、思い切って2枚目を引いた。

カードを顔の前に持ってきて、恐る恐る目を開き──

「──あぁあぁあぁあぁああああぁぁうううううううううあああぁ〰〰〰〰〰〰〰っ‼」

絶叫しながら、すてーん！　とソファーの上に転がった。

私はにっこりと笑って、《導きの巫女エンマ》を除去し、ターンエンドを宣言する。

と、ウェルダちゃんのデッキの最後の1枚が自動的に引かれ──そのまま消滅した。

消えたカードは、《ゴブリン砦の炎上》。

「……………負けましたぁ………………」

それを見たウェルダちゃんは残念そうに項垂《うなだ》れて、そう宣言した。

「あうう～っ。悔しいです～っ！　確率は……確率は有利でしたのに……！」

「ふふふ。これがカードゲームだよ、ウェルダちゃん」

「運ゲーです〰〰〰〰〰〰〰〰〰〰〰っ‼」

気持ちのいい負け惜しみを心地良く聞いていると、ブランクさんが腕を組んで唸《うな》る。

「……まさかこの手の勝負でウェルダに勝ってしまうとは。いやはや、チェリーちゃんには感服するばかりだなぁ」

「ウェルダのほうこそ何者だよ。３ターンも先の勝ちを読み切る小学生がいてたまるか」

「ウェルダは先生の弟子兼護衛ですよー？」

にっこりと笑って同じ台詞《せりふ》を繰り返すウェルダちゃん。ブランクさんとももども、正体が気にならないと言えば嘘になるけれど、あの勝負の後だとどうでもよく思えた。

「しかし、最後のは物凄《ものすご》い勝負手だったな。フリー対戦とは思えない緊張感だった。……そんなにケージ君とのチューが嫌だったのかね？」

「別に嫌じゃありませんよ」

「えっ？」

先輩が鳩が豆鉄砲を食ったような顔をした。私はくすっと笑って、

「ただ、他人に見せるつもりはないってだけです。……ね、先輩？」

軽く首を傾《かし》げながら先輩の顔を見上げると、先輩は目を逸《そ》らして、「見せるも何も、しねえっつの」ともごもご呟いた。そんなコミュ障な反応が楽しくて、私はまた肩を揺らす。

「……不思議なものだなあ」

私たちを眺めながら、ブランクさんは白黒の髪を揺らした。

「普通は、はっきりさせたくなるものなんだがな、関係性というやつは」

だったら、何も問題ないってことだ。

私も先輩も、もう普通なんて求めてないから。

エイジタクト

MAOのグラフィックを流用して作られたカードゲーム。

ユニットカードとイベントカードで構成された30枚のメインデッキと、スクロールカードのみで構成された5枚のスクロールデッキを使用し、30点のライフを削り合う。相手のライフを0にすると勝利。

デッキが0枚の状態でカードを引くとダメージを受ける。1枚目は1点、2枚目は2点と、ダメージは徐々に増加する。

●カードやスキルのコストについて

カードやスキルの使用にはMPが必要。これは最初1からスタートし、1ターンごとに1上がって10で最大になる。毎ターンの開始時に全回復する。

●ユニットカードについて

ユニットカードは攻撃力と体力を持ち、ユニットエリアに召喚して相手ユニットと戦わせたり相手プレイヤーを攻撃させたりすることができる。

ユニットエリアは前衛3マスと後衛3マスに分かれる。

3列すべての前衛または後衛にユニットが1体以上いるとき、プレイヤーは相手ユニットの攻撃の対象にならない。また、後衛のユニットは目の前の前衛マスに味方ユニットがいるとき、相手ユニットの攻撃の対象にならない。

●イベントカードについて

攻撃力と体力を持たず、使用と同時に効果を発揮して、盤面には残らない使い切りのカード。

しかし、一部のイベントカードは盤面に残り、一定の時間、効果を発揮し続ける。そうしたカードは相手イベントカードや流派スキルの対象になるが、基本的にユニットで攻撃されることはない。

●流派について

プレイヤーは自分の流派を持ち、1ターンに1度、MPを1消費することで経験値を貯め、それを育てることができる。一定の経験値を貯めると流派レベルが上がり、スクロールデッキからスクロールカードを1枚手札に加えることができる。

スクロールカードは流派スキルを覚えるカードである。流派スキルは1ターンに1度、カードを消費せずにMPだけで使用できるプレイヤー自身の能力で、流派レベルが上がるほど強力なものになる。また、経験値は流派スキルの使用でも貯めることができる。

レベルアップに必要な経験値は次の通り。

レベル1：2　レベル2：3
レベル3：4　レベル4：レベルアップなし

●スクロールカードについて

流派スキルを覚えるカード。スクロールデッキにしか投入することができない。

スクロールカードは使用にMPを消費しないが、使用条件が設定されている。流派レベルが2や3以上であることを求めるものが多いが、中には特定の流派スキルを事前に覚えていることを条件とするものもある。

第15話　混浴

『男』『女』――そう大きく書かれた暖簾《のれん》が、左右に二つあった。

「じゃあ先輩、ここで」

「おう」

チェリーは女湯へ、俺は男湯へ。温泉に入りに来た俺たちは、それぞれ暖簾を潜《くぐ》っていく。

ここも廃墟のときと変わってるんだな。六衣《むえ》とのボス戦に来たときは、脱衣所って二つもなかったような？　って、それを言ったら温泉もそうか――と思いながら脱衣所を見回すと、

「あ」

女湯に行ったはずのチェリーと目が合った。

「ん？」「あれ？」

二人揃《そろ》って首を傾《かし》げて、潜ったばかりの暖簾から首を出す。

男と女……に、ちゃんと分かれてるよな？　でも脱衣所思いっきり繋《つな》がってんだけど。

「どうなってるんでしょう？」

「さあ……」

そのとき、ピロン、という電子音が耳の中で響いた。ダイレクトメッセージだ。誰だ？

瞼《まぶた》を閉じると、届いたばかりのそれが暗闇に開かれた。

〈賞品だ。混浴モードにする裏技を見つけたから準備しといてあげたゾ☆　何も知らないふりをすれば不可抗力だ！　ラブコメの伝道師ブランクより〉

……あの白髪交じり……‼

「……えーと……」

無意味な言葉で間を保《も》たせながら、俺は瞼を開けた。

混浴モードとやらを解除できれば何事もなく済ませられる……が、その方法がわからない。

そう、わからない。わからないのだ。

「……あー」チェリーがなぜか呻《うめ》く。「ローカルエリアメニュー、開いてみたら、混浴モードってなってます、ねー」

「お、おう。そうか……」

「はい。だから、じゃあ、えーと……どうします？」

どうします、って――入ればいい。順番に。普通に考えれば。……でも……。

俺は目を泳がせながら、意を決して口にした。

「い……一緒に入るか？　…………な、なーんて……」

ああー！　決意が鈍《にぶ》った！　こんな下手《へた》な誘い方じゃ変態だとか罵《ののし》られるだけ――

「……そ、ですね」

——え？

チェリーが、目を左下に逸《そ》らしながら、所在なさげに身体を揺らして、髪先をいじる。

「混浴モードって、これ、戻し方わかりませんし。……し、仕方ないですね！」

「お、おう。仕方ないな！」

「あははは！」

「ははは！」


未《いま》だかつて、これほどまでに緊張して風呂場に入ったことがあるだろうか。

チェリーに「先に行っててください」と言われた俺は、一人で浴場に足を踏み入れた。

アバターは垢《あか》が出ないので、身体を洗う必要はない。掛け湯は不要だ。さっさと温泉に入ってしまえばいい。なのに、俺はなんとなく、壁際《かべぎわ》に置かれた椅子に腰を下ろしてしまった。

目の前には鏡がある。その下の蛇口《じゃぐち》を捻《ひね》るとお湯が出て、足元の桶《おけ》に溜まっていった。

ジャアア——という水音を聞きながら、鏡に映った自分を眺める。

こいつ、めっちゃくちゃ緊張してるな。

顔強張《こわば》りすぎだろ。鼻の穴広がってるし。っつーかグラフィックの細かさすごくねえ？

頭の中でだけ冷静ぶりながら、思考をあちこちに飛ばす。まるで逃げているみたいだ。これから裸のチェリーが入ってくる――その事実から。

　いや、でも、言うてあいつの裸なんて大したことないだろ。正直起伏《きふく》が豊かなほうじゃねえし、あのくらいだったら妹で見慣れて――

　ガラッと扉が開く音が聞こえ、ドグッと心臓が跳ねた。

　――来た……！

　無意識に、鏡越しに脱衣所の方角を見てしまう。

　タオルを巻いて身体を隠した、チェリーがいた。

　いつもはツーサイドアップにしている髪を下ろし、ストレートロングにしている。ああちくしょう、なんか清楚《せいそ》じゃねえかよ！　中身は清楚のせの字もないくせに！

　俺は目を閉じる。ずっと見ていたら頭がおかしくなりそうだ。……いや、これは興奮しているという意味ではなく、認識がジャックされそうだという意味で！

　瞼の裏に簡易メニューが現れる。数秒すると、メニューウインドウを開くためのアイコンサークルも。さらに数秒すると、そのどちらも消えていく。

「――先輩」

　背後から声が聞こえた。

　いつも聞いている声なのに、今ばかりは耳に入るなり脳を痺《しび》れさせる。

「無視しないでくださいよ、先輩」

そんなはずもないのに、耳元で囁《ささや》かれているみたいだ。何でもない言葉すら艶《なま》めかしく聞こえる。早く何か、答えないと。なんて答えればいい？　頭の中が空回って、何も言葉が――

――パサッ、と、布が落ちる……音がした。

身体に巻いたタオルを、足元に落としたような……音が。

「こっち見て、いいですよ……先輩」

……いや。いやいやいやいや、騙《だま》されるな！

どうせ水着でも着てるんだろ！　知ってるんだよ、お前のやり口は！

「人前で裸になるのって……思ったより、ずっと恥ずかしいですね」

……え、裸なの？　水着着てないの？

もしかして……ガチか。これはガチのやつなのか……？

「ねえ、先輩。どうしたんですか……？」

だとすれば、先延ばしは得策ではない。

どうするにせよ、さっさと振り向いてしまわない限り、先に進まない。

うん、そうだ。そうするしかない――選択肢が一つしか。だから。

ゆっくりと……後ろに振り返り。

恐る恐る……瞼を開けて。

そこにいた――チェリーの、一糸纏《いっしまと》わぬ姿を、見た。

ただし、どこからか射し込んだ目映《まばゆ》い光が、胸と下半身だけ器用に隠していた。

「なっ、謎の光――――――っっ‼」

「ぶふっ‼　あはははっ‼　みっ、見えるわけないじゃないですかっ！　全年齢向けですよこのゲームっ！　あはははははっ‼」

お腹《なか》を抱《かか》えて笑い転げるチェリー。その身体がどれだけ動いても、謎の光はぴったりと追随《ついずい》して胸と股間《こかん》とお尻を隠し続ける。

「つくぁあああああ～～～～～っ‼」

俺は悶絶《もんぜつ》して蹲《うずくま》った。や、やられた……っ‼　そういえばこれゲームだったああ……‼

「ぶっふ！　見たかったですか？　そんなに見たかったんですかっ？　私の裸！　ね～え～」

「やっかましい！」

もはや悪魔の声にしか聞こえねえ！

「あ～笑った。意識してるな～とは思いましたけど、まさか規制のことまで忘れてるなんて」

「実際に見たことなんかねえんだから仕方ないだろ……！」

「なら良かったですね、実際に見られて！　ほらほら、もっとよく見なくていいんですか？」

「む・か・つ・く……！」

俺は顔を上げて、謎の光に包まれたチェリーを再び見た。どこからともなく射し込む光は、どれだけ凝視《ぎょうし》しても眩《まぶ》しいということがなく、なのに中身が透けることは決してない。

俺は興味を惹《ひ》かれ、チェリーの股間を横切る光をまじまじと観察する。

「……不思議だよなー。グラフィックデータがそもそも存在しないんだろうけど……」

「ひうっ……!? みっ、見すぎです変態っ！」

「いだっ」

頭をシバかれ、チェリーはその隙《すき》に足元のタオルを拾って身体を隠す。

「なんだよ！ お前が見ろって言ったんだろ！」

「限度があります！ そ、そんな、息が当たるくらい近付かれたら……！」

息が？ 当たる？

チェリーは白い太腿《ふともも》を擦《こす》り合わせる。その付け根にぴったりと、湿ったタオルが貼り付いていた。息が……？？ 当たる……？？？

俺が混乱していると、チェリーが頻《しき》りにチラチラと目を下に泳がせた。

「…………先輩も、タオル取ってください」

「は？」

「恥ずかしい思いしたのが私だけなんて不公平です！ 先輩もタオルを取るべきです！」

「俺は今さっきお前に辱《はずかし》めを受けたばっかなんだけど!?」

「問答無用です！」

チェリーの手が俺の腰のタオルをむんずと掴《つか》む。な、なにをするーッ！

抵抗空《むな》しく、俺の聖域を守る純白のヴェールははぎ取られた。

どこからともなく射し込んでくる一条の光を、チェリーはまじまじと見て、

「……おー……」

「何の『おー』だよ！　何にも見えねえだろ！」

「いや、まあ、その、なんとなく……」

「タオル返せ！」

「あっ、ちょっ、あぶなっ……！」

チェリーの手に握られたタオルを取り返すべく、俺は身を乗り出した――のだが。

ここは風呂場である。

足元が非常に滑りやすい。

飛びかかった俺も、逃げようとしたチェリーも、揃ってつるりと転んでしまった。

「あぶねっ」

反射的に、俺は後ろに倒れるチェリーの頭を抱き込むようにして守る。

アバターだから、頭ぶつけたって死にゃあしないんだが。

でも、そのおかげで――もとい、そのせいで、俺たちはもつれるように倒れて――

「「…………………」」

掛け流しの温泉が奏《かな》でる水音だけが、辺りに漂う。

未だかつてないほど間近にあるチェリーの瞳が、俺の顔を見つめていた。

瞬《まばた》きをしない。

できない。

さらさらの糸みたいな桜色の髪。

きらきらと輝く大きな瞳。

潤《うる》みを帯びた小振りな唇が、薄く呼気を吐いている。

男とはまるで違う細い肩。

浮き出た鎖骨《さこつ》にできた窪《くぼ》み。

その下を覆《おお》う謎の光は一定のリズムで上下して、確かにその中にチェリーの胸があることを想像させる。

すべてはただのデータだ。

ＭＡＯに収録され、リーニーによって見せられているグラフィックに過ぎない。

「………せん、ぱい」

だが。

目に見えるその姿に。

耳に聞こえるその声に。

手に感じるその体温に。

何もかもが痺れてしまっているこの俺は、確かに現実で――

――あれ？　体温？

チェリーの頭を庇《かば》ったのとは反対の手に意識を向けてみると、何か温かくて柔らかいものに触れていた。

チェリーのお腹だった。

謎の光を縫うように、ちょうどその間隙《かんげき》を、俺は無意識に触ってしまっていた。

「んっ」

びっくりして手を動かしたら、くすぐったかったのか、チェリーがぴくっと動いた。

……あれ。おかしいな。

男にはあまり縁がないが、ＭＡＯにはセクハラ防止機能がある。

胸やお尻、お腹や太腿といった場所を触ろうとすると、すげえ勢いで弾《はじ》かれる上に蜂に刺されたような痛覚情報が叩《たた》き込まれるのだ。だから俺は今頃、電撃を受けたお笑い芸人みたいにひっくり返って、悶絶《もんぜつ》していなければならないはずなのだが……。

――そういえば、聞いたことがある。

セクハラ防止機能は、特定のプレイヤーだけを例外に指定することもできるって――

「……お前……俺に触られてもいいようにしてんの？」

よせばいいのに、俺は思わず訊《き》いてしまった。

瞬間、ほのかに色づいている程度だったチェリーの顔が、かあっと真っ赤になる。

そして、何も言わないまま……横を向いて、顔を逸らしてしまった。

……あのさ。

あのさあ。

そりゃあ、俺は奥手だよ。

彼女なんて作ろうと思ったこともないし、恋愛なんて一度も経験せずに一生を終えるんだろうって思ってる。そんなのはゲームで充分だって、本気で考えてる。

チェリーのことだって、周りがなんて言おうと、なんだかんだ気が合って、冗談を言い合えて、一緒にゲームができる、そんな、友達みたいな何かだって、そう思っている。

だけど。

だけどさあ。

さすがに、そんなことされたら、俺だって――

――タガの一つも、外れるっつーの。

「……真理峰《まりみね》」

思わず本名で呼んだら、チェリーがぴくりと反応した。

顔がもう一度こっちを向く。
そして、長い睫毛《まつげ》が、そっと伏せられた。
ああ——確かに、他人には見せたりできねえよな。
だって、人間らしい理性なんて、もうどこにも残ってない。
俺は、チェリーの顔に、自分の顔をゆっくりと近付けていく。
なぜか、俺の全身に震えが走った。
チェリーの身体もぶるりと震える。
でも、そんなことはもう意識には入らなくて、少し開かれた桜色の唇だけを——

「「——くしゅっ！」」

同時だった。
見事なタイミングで、俺たちは二人同時にくしゃみをした。
……忘れてたけど、ここは露天風呂で、俺たちは裸である。
——寒っ！
一度そう感じたら、もうさっきの心境には戻れなかった。
まさしく冷や水を浴びせられた感じで、急速に我に返る。

俺は慌《あわ》ててチェリーから離れた。

……俺、今、ヤバくなかった？

え、なにこれ。ほとんど記憶ない。人間って極限まで興奮するとこんな風になんの？

チェリーがゆっくりと上体を起こして、指先で自分の唇をなぞった。

俺にはその仕草が名残惜《なごりお》しそうに見えて、また頭の中が過熱した。

でも、肌を刺す冷気に一瞬で冷却される。

「…………え、と」

チェリーは目を泳がせたあと、誤魔化すようにはにかんだ。

「温泉……入りましょうか」

「……おう」

肯《うなず》く他ない俺だった。

第16話　孤独を抱えた少年と傷を負った少女

『古霧坂里央《こぎりざかりお》先輩、ですよね？』

ＭＡＯオープンβ《ベータ》テスト。始まったばかりのまっさらな仮想世界で、突然本名で話しかけてきた女のことを、俺が警戒しなかったはずがない。

真理峰桜《まりみねさくら》。キャラネームはチェリー。

妹の友達だというそいつは、直接の面識なんて一度もないはずなのに、なぜかしつこく付きまとってきた。言い分は、ＶＲゲームに不慣れだから教えてほしい――そんなオタサーの姫が逆ナンに使うような言葉をかけられて、警戒しないゲーマーがいるか？

俺はネットゲームでもソロを貫《つらぬ》くタイプだった。別に孤高を気取っているわけじゃない。そのほうが気楽で楽しいからだ。一人旅行が好きな人間がいるのと同じ。それこそが、ＭＭＯＲＰＧの面倒臭《めんどうくさ》い部分を避け、面白いところだけを効率的に遊ぶ最上の手段だと考えていた。

長居する気はなかったのだ、この世界には。

ゲーム内で袖《そで》にした真理峰桜が、その次の日に、現実で会いに来るまでは。

『リアル脱出ゲームってあるじゃないですか？』

真理峰桜は言った。

『前から興味あったんですけど、あれって一人で行くと知らない人とチームになっちゃうんでしょう？　なんとなく抵抗があって――先輩が一緒に来てくれると安心なんですけど』

ふふ、と意地悪く笑うその顔を見て、俺はすぐに悟ったものだ。

いま並べ立てられた理由は、同時に、俺がリアル脱出ゲームを避ける理由でもあった。つまりこいつは、言葉通り自分に俺を付き合わせたいのではなく、私があなたに付き合ってあげるからむげにするなと交渉に来たのだ。

ことゲームにおいて、触れる機会が来たのにスルーしてしまうことは、俺が自身に最も戒《いまし》めている行為の一つである。

すべてを読み切った真理峰の行動に、さしもの俺も降参せざるを得ず――そうして、その後長きに亘《わた》るコンビが成立してしまったのだ。

このときは、変な奴に絡《から》まれたなという感想だった。しかし、同じ場所で戦い、同じ感動を知り、同じ哀《かな》しみに沈み――そうしているうちに、少しずつ少しずつ、その意地の悪い性格の奥に隠した、人となりの核のようなものが見えてきた。

真理峰桜は、傷を負った少女だった。

バージョン2にて、真理峰にとって因縁《いんねん》のある相手が敵方の陣営を掌握《しょうあく》し、俺たちの前に立ち塞《ふさ》がったとき――それははっきりとした言葉になって、明かされたのだ。

『――いなくならないで。先輩は……いなくならないで……』

今にも泣きそうな、だけど涙にならない、ただただ傷だらけの懇願《こんがん》。

それに対して、何も言わずに抱き締めるという選択を採《と》った瞬間に、俺の居場所は、どうしようもなく定まったのだ。

たとえ、このゲームが終わろうとも。

俺は、こいつのそばを離れてはいけないのだ、と。

◆

廊下側の教室の窓から覗き見た、輝く瞳でゲームに没頭する上級生の姿を見て、彼ならば、と私は期待した。

彼ならば、私がどれだけ強くても、私がどれだけ可愛くても、きっと気にしないでくれる。

今にして思うと、笑ってしまうほどの傲慢《ごうまん》さだ。でも、それこそが、このときの私にとっては救いだった——天賦《てんぷ》の才能で一度、天与の容姿で二度、私自身にはどうしようもなかったことで居場所を壊してしまった、私にとっては。

ええ、その通り。

このときの私は、先輩に助けてもらうことしか考えていなかったのだ——むしろ彼のほうこそ、誰よりも助けを求めていたというのに。

ことVRゲームに関して、先輩のセンスは常軌《じょうき》を逸《いっ》している。仮想世界に入った途端、急に鋭敏になる反射神経。状況を判断する能力に、アバターを動かす精度。そして未来予知じみた直感――

《生まれる世界を間違えた男》と、人は呼んだ。そのくらい、先輩は仮想世界の神に愛された存在だった――その昔、真理峰桜という名前の、将棋《しょうぎ》の神に愛された女子小学生がいたのと同じように。

だからこそ、私は共感を覚えたのだ。彼ならば、私と傷を舐《な》め合ってくれると。ぬるま湯のような同情を与えてくれると。

そう――私は、勘違いしていたのだ。

『昔はさ、俺にもいたんだよ、友達ってやつが。……でもまあ、どいつもこいつも、俺とゲームするとつまんねえって言ってさ』

『それじゃネット対戦でもするかって思ったらさ、いきなりメールが飛んでくるわけ。負かした相手が、すげえキレてんだよ。別に何も悪いことしてねえのにさ。今じゃどうってことねえけど……ビビるだろ？　小学生の子供ならさ』

『……普通に、人んちで集まって、コントローラーを奪い合って、わーわーぎゃーぎゃー言って……ゲームのCMで見るようなやつを、やってみたかっただけなんだけどな……』

だったら、私が。

私が、あなたのそばにいます。コントローラーを奪い合います。わーわーぎゃーぎゃー騒ぎます。つまんないなんて言わずに、怒ったりもせずに、あなたがどれだけ強くても、私なら絶対、ついていけますから――

本当に傲慢だ。そんな簡単なものじゃなかった。そんな生温《なまぬる》いものじゃなかった。生まれる世界を間違えた人間の孤独を癒《い》やせるのは、だから、彼が本来生まれるべき世界の住民しかいなかったのに。

『……フレードリク……！』

それは、オープンβテストにおいて、私たちが初めて出会った、人間と同等の知性を持つ仮想世界の住民だった。プレイヤー全員の父となり、兄となり、何より先輩の全力を正面から受け止め、正面から打ち破ったただ一人の人だった。そして、ただ一人、先輩に助けの手を差し伸べられた人だった。

最強の冒険者――その名を、フレードリク。

その顔が血の気《け》を失い、けれどその愛剣だけが、変わらぬ輝きを放っている。そしてその前で、先輩が小さく背を丸めて、静かに泣き濡れている……。

MAO最大にして絶対のルールが、私たちに初めて牙《きば》を剝《む》いた瞬間だった。

メインストーリーにおいて起こったことは、決して取り返しがつかない。山が崩れ、街が潰《つぶ》れ、誰が死のうとも、決して――

私はこのとき、先輩の後ろで立ち尽くすことしかできなかった。

肩を抱くことも、一緒に泣くことも、できるはずがないと思った。

だって、助けられたはずだ。私が本当に先輩と対等だったなら、こんな結末は有り得なかったはずだ。私はどこまでも『後輩』で、先輩はどこまでも『先輩』で、守られるばかりで、教えてもらうばかりで——こんなザマで、どうして肩を並べたつもりになれる？

私は弱い。

何もかもから逃げてきた。才能ゆえの傲慢さから人を傷付け、将棋を指せなくなったときも。無自覚なままに、大好きだった人の大切なものを奪ってしまったときも。そして、そのツケを何の関係もない先輩に払わせようとしたときも。

——強くならなければならない。

彼と背中を合わせ、肩を並べ、一緒に楽しく遊ぶために——もっと、強く。

私は生まれて初めて、心の底から、そう願ったのだ。

第17話　カップルではないのなら

「ふぁー……」

温泉に肩まで浸《つ》かりながら、チェリーは白い息を吐く。

濁り湯だから、謎の光の出番は終了した。

「きもちひい……」

「そんなにか？」

「そんにゃにでふ……」

声がふにゃふにゃになってやがる。

俺も続いて、チェリーの隣に浸かった。

「お……おおー……」

なんつーか……なんつーか、こう……。

「じゅわーって感じのアレだ……」

「語彙力《ごいりょく》なさすぎません？」

「やかましいな！」

チェリーはくすくすと笑った。

「でも先輩、国語は得意そうですよね。眼鏡してるし」

「眼鏡が頭いいとかいう古代の風潮やめろ。でもまあ、国語……っていうか、現代文は楽なほうだな」

「楽って？」

「勉強しなくてもできる」

「えー、そうですか？」

さっき陥《おちい》った変な空気を払拭《ふっしょく》するように、俺たちはいつもの調子で会話を重ねていく。

「むしろ現代文って、傾向と対策がものを言う教科だと思うんですよね」

「そうかあ？」

「カードゲームと同じですよ。テストを作る人によってメタがあるんです。『この人は素直に答えて大丈夫』とか『この人は深読みを要求してくる』とか」

「出題範囲じゃなくて出題者の問題かよ」

「出題者との心理戦ですよ、現代文は」

「カードゲームと同じねえ。そんな風に考えたことなかったな……」

湯の底に突いた左手の先に、何かが触れた。

爪《つめ》があって、細い。

隣に座るチェリーの指だと、すぐに気が付いた――

◆

——湯の底に突いた右手に、先輩の指が触れている。

「ゲームに置き換えられることはたくさんありますよ。方程式はパズルですし」

「歴史は覚えゲーだしな」

「そういえば先輩って、成績大丈夫なんですか？　ゲームばっかりしてますけど」

「オール４」

「え。結構いい……」

「体育以外」

「ああー……」

「納得すんな！」

「ちなみに私はオール５です」

「ドヤ顔ムカつく……！」

私の指を、先輩の指がつんっとつついた。

私がつつき返すと、先輩もまたつついてくる。

様子を探るように、つついてはつつき返されを繰り返した。

「先輩って、別に運動神経は悪くないんじゃ？　アバターであれだけ動けるんですから」

「それな。俺もそう思うんだけど、球技が特にダメだ。飛んでくる攻撃魔法は簡単に見切れるのに飛んでくるボールは全然わからん」

「不思議ですよねえ。筋力の問題なんでしょうか」

「他の最前線組の連中だって、ほとんどは運動不足のオタクだろうに、戦闘中の動きは異常に機敏だしな」

「でもリアルでスポーツやってる人がゲームでも強かったって話もよく聞きますよねー」

私はほんの少しだけ、手を先輩のほうに寄せる。

つつき合っていた指を、第一関節で絡《から》ませた。

すると、先輩の指も、自分のほうから絡ませてきた――

◆

――絡んできた指に、俺のほうからも絡ませる。

「そういえばお前、あれ見た？　闘技都市《アグナポット》の」

「ミナハさんとリアルプロボクサーの裸縛り対戦ですか？　見ましたよ」

「ミナハの反応力ヤバすぎねえか？　《受け流し》着けてないんだろアレ」

「裸縛りですからね。ＶＲ環境への慣れもあるとはいえ、反射神経でプロボクサーと互角以上って、ホントすごいですよ」

「……まあ、俺でも反応するくらいならできると思うけど」

「あれ〜？　もしかして嫉妬《しっと》しました？　私が他の人褒《ほ》めたから？」

「してねえし！」

「ふふっ。先輩もすごいと思いますよ？　アバターの操作精度だけは」

「『だけは』ってなんだよ！」

人差し指、中指、薬指、小指。

親指を除くすべての指を順番に、濁った湯の下で絡ませ合う。

「実際、よく思いますよ。『この人、この才能を別のことに使えないのかな〜』って」

「使えないんだよ。そういうもんだろ」

「まあ、わかりますけど」

「お前だって大概《たいがい》だろうが。バージョン2の《クロニクル》に書かれたお前が戦闘を指揮するシーン、『さすがに盛りすぎ。こんな孔明《こうめい》みたいな奴リアルにいるわけない』って通販サイトのレビューに書いてあったぞ」

「あのシーンは実際あったことにかなり忠実なんですけどねー。ＭＡＯは『事実は小説より奇なり』を地で行きますから、《クロニクル》を書いてる人は大変だと思います」

「噂《うわさ》ではAIが書いてるらしいけどな」

「Nanoならやりかねないって思っちゃいますよね」

絡ませた手を、お互いに手繰《たぐ》り寄せた。

指の付け根と付け根をくっつけて、これ以上ないくらい、深く、強く――

◆

――でも、そこまで。

合図を出したわけでもなく。

契機があったわけでもなく。

私たちは、同時に、一緒に――

◆

――そこで、止まる。

◆

「綺麗ですねー、空」

見上げると、満天の星々が頭上を覆《おお》っていた。

空なのに落ちていきそうな。

自分のいる場所がわからなくなりそうな。

どこまでも広がる夜空が、今ここにいる俺を、雄大な世界の中に溶かしていく。

ただひとつ、絡ませた左手の感覚だけを残して。

「プラネタリウムみたい……って、逆か」

「間違ってはいませんけどね。仮想現実の空ですから」

「ああ、おう、でも――」

指にほんの少し、力を込めると。

同じように、ほんの少し。

きゅっと、力が、返ってきた。

「――本当に、綺麗だ」

◆

──私たちの関係には、きっとたくさんの名前が付いている。

友達の兄。

妹の友達。

学校の先輩。

学校の後輩。

ゲーム仲間。

ゲーム友達。

それらはどれも正しくて。

だけど、どれも正しくない。

◆

──俺たちはずっと、自分たちの関係に名前を付けないできた。

何か自覚のある理由があったわけじゃない。

ただ、なんとなく、そうすることで失われるものが、何かあるんじゃないかって──そんな風に、予感していたからだ。

俺たちのどちらかが、ほんの一歩でも、相手に近付けば、……俺たちの間にある見えない堰《せき》は、たちまちのうちに破れるだろう。

そうして、俺たちを示す名前は決定する。

もう『カップルじゃない』と否定することはなくなる。

それが怖いわけじゃない。

きっと幸せだと思う。

きっと嬉しいと思う。

ただ——

◆

——たぶん、意地みたいなものなのだ。

私たちが愛する、私たちのこの関係は。

『カップル』だなんて、そんな有り触れた、どこにでもある、辞書にも載《の》ってるような一般名詞なんかじゃない、って——

◆

——自分の好きなものは、特別なものなんだと信じたい。

コア層向けゲームばかりに入れ込むオタクみたいな、そんな捻《ひね》くれた意地だけが——

◆

——きっと、私俺たちを最後の一線で留《とど》まらせていた。

◆

「……ん？」

「どうしました？」

「いや……なんか今、温泉がほのかに光ったような」

「そうですか？　気が付きませんでしたけど……」

「気のせいだったかな」

空を見ていたから、温泉は視界に入ってなかったし。

少なくとも今は、白く濁った水面がたゆたっているだけだ。

月の光でも反射して、光っているように見えただけか。

「……うーん。ちょっとのぼせてきましたかね」

「そろそろ上がるか？」

「ん……はい、そうですね」

「それじゃ――」

「……もう見ないでくださいよ？」

「お互いにな」

湯船の縁《へり》に置いておいたタオルを手に取り、俺たちは立ち上がる。

湯の中から水面に出るその寸前に、絡めた指はそっと離れた。

「うーっさぶっ！」

「さっさと出ましょう！」

ぺたぺたと裸足《はだし》の足音を鳴らして、俺たちは脱衣所へ急ぐ。

そういえば、この温泉について、キルマ村のＮＰＣが何か言ってた気がするけど……。

――それより寒い！

瞬《まばた》きの瞬間、浮かんで消えた簡易メニューに、見覚えのないバフアイコンが表示されていたようにも見えたが――

次に見たときにあったのは、寒さによるＳＴＲとＤＥＸのデバフアイコンだけだった。

TIPS 27

ストーリータイトル

MAOのそれぞれのバージョンに題されたサブタイトル。そのバージョンにおいて展開されるストーリーを表している。

Ver.β:《冒険者たちの聖戦》
Ver.1:《リアンゲルスの少女》
Ver.2:《トリア・フィデース・モノマキア》
Ver.3:《ムラームデウスの息吹》

TIPS 28

冒険者たちの聖戦

MAOオープンβテストのストーリータイトル。突如として現れた異邦人——プレイヤーたちと、ムラームデウス島の原住民とのファーストコンタクトが描かれる。プレイヤーの目的は《冒険者フレードリク》に協力し、《魔王》の復活を目論む魔族たちから神の力が宿るアイテム《聖旗》を取り戻すことである。

TIPS 29

冒険者フレードリク

オープンβテスト《冒険者たちの聖戦》における最重要NPC。MAOにおける初めてのAI実装型NPCであり、プレイヤーたちの先頭に立って、まだこの世界に不慣れな彼らを導く役目を負った。しかし、バージョン中盤の戦いにおいて死去。その死を受け入れられなかったプレイヤーたちが運営会社《Nano.》に彼の復活を求め、大きなデモ運動を起こした。この事件は《フレードリク復活争議》と呼ばれ、AIの在り方について多方面で大きな議論を巻き起こすこととなる。結果としては運営の方針が覆ることはなく、彼の遺志は彼の愛剣と共に、ある一人のプレイヤーに託されることとなった。

第18話　クロニクル・クエスト

「ククク……ついに完成した我が札束デッキの前にひれ伏すがいい――」

「2の4の7の……これでトドメ《リーサル》ですね」

「うぼぁーっ！」

風呂上がりに再びブランクやウェルダと遊んでいると、六衣《むえ》が晩ご飯を用意してくれた。

リアルで済ませてはいたものの、アバターのほうは空腹を訴えていたので頂《いただ》くことにする。

「そういえば最後にこっちで食ったのっていつだっけ？」

「昨日の夜とかじゃないですか？」

アバターの腹はログイン中にしか減らないが、さすがに丸一日も放置すればこうなるか。

宴会場に用意されていたのは、伊勢《いせ》エビだのお頭《かしら》付きの魚だのが満載の豪勢な料理だった。

「初めてのお客様だから！　奮発しなきゃ！」

とは六衣の弁である。これ、自分で作ったのか？　っつーか食材はどこから……。

うおーなんじゃこりゃあー！　と半ばアトラクション感覚で豪勢な料理に舌鼓《したつづみ》を打つ。

「……ヤバいぞ。この旅館、明日には流行《はや》るぞ」

「3日後にはネットニュース行き。1週間後にはお昼のワイドショーで紹介されると読みますね。『VRに脅《おびや》かされる現実』みたいな議論も合わせて」

「狐《きつね》っ娘《こ》の妖怪が女将《おかみ》をしている旅館はリアルにはないからな！　今のうちに『これ前から知ってたわー』と言ってマウントを取る準備をしておかなくては！」

「せんせー！　『まうんと』ってなんですかっ？」

「まったくそんなことも知らないのか。これだから最近の子供は」

「ウェルダちゃん。マウントを取るっていうのは今みたいないけすかない態度のことだよ」

「ほえ～（もぐもぐ）」

そんなこんなで食事が終わると、ブランクが「執筆する」と言い出して解散になった。

「あ、そうだ。二人とも」

「ん？」

「なんですか？」

「わたしからのプレゼントはどうだった？」

「――――っ！」

混浴のことだと思い至って、瞬間的に顔が熱を持つ――俺のみならず、チェリーも一緒に。

「ひっひひひ！」

浴衣《ゆかた》の上に白衣を着た女は、人の悪い笑みを浮かべた。

「いや、なに。心からリア充を憎むわたしだけども、君たちには世話になったからな。報酬を上乗せしてしかるべきだと思っただけさ。お礼はいらないよ？」

「言わねえよ！」「言いません！」

「結構結構。……ちなみに、男湯と女湯の入口の間の壁の下から3番目の木目を三三七拍子のリズムでタップするとウインドウが出てくるから、それで混浴モードを解放できる。後学のために覚えておきたまえ」

なんだよ、そのレトロゲームの裏技みたいな解放条件。どうやってそんなの見つけたんだ？

……つくづく謎な奴だ。

「では、良い夜を」

白衣を翻《ひるがえ》して、ブランクは背を向けた。

……と思ったらすぐに振り向いて、

「隣の部屋にはウェルダもいるのだから、あまり盛り上がりすぎないでくれよ？」

「「全年齢向け！」」

「ああ、そういえばそうだった」

はっはっは、と笑いながら、ブランクは自分とウェルダの部屋へ引っ込んでいった。

「もう。なんなんですかね、あの人」

ほんの少し頬を膨《ふく》らませたチェリーの横顔を、俺は見つめる。

「……お前さあ、あのとき……」

「はい？　すいません、なんですか？」

きょとんと見返されて、俺は首を振った。

「いや、なんでもない。独り言だ」

「？　そうですか」

──お前も脱衣所で、ブランクのＤＭもらってたの？　お前も不可抗力を装《よそお》って──

その質問は、胸に秘めておくことにした。藪蛇《やぶへび》ってやつだ。


部屋に入ると、畳の上に布団《ふとん》が敷かれていた──二つ、隙間《すきま》なくくっついて。

「……えー、まあ、予想されたことと言いますか」

「布団一つに枕二つじゃなかっただけマシだな」

「確かに」

ブランクによる混浴トラップを乗り越えた俺たちは、もはやこの程度では動じないのだ。

冷静に布団の距離を……距離、を……。

「動かねえ！」

「うわっ、移動不能オブジェクトですよこれ」

嫌がらせか⁉　確かに宿屋のベッドとかは動かせないようになってるけどさあ！

「このまま寝るしかありませんね」

「そ、そうだな」

「おやぁ～？　意識しちゃってますか、先輩？」

「し、しないね。俺の心臓は添い寝でもされない限り微動だにしないね」

「ぶふっ。それは添い寝されてるとき以外死んでる人ですよあはははは！」

「ぶはっ！　マジじゃんぶふはははは！」

二人揃《そろ》ってツボに入ってひとしきり笑い、布団の話は終了した。

まあ同じ布団で寝るわけでもなし、大丈夫だろう。

俺は布団の上に座ると、ウェブ・メニューを出して《Gamers Garden》を開く。世界一の規模を誇るゲーム実況配信サイトだ。ナインゲートの村で出会った顔見知りの配信者――セツナがまだ配信していたので、そのページを開いた。

チェリーは壁際《かべぎわ》に座ってSNSを見ているようだ。友達に返信でもしているんだろう。マメだよなあ……。それが普通なのかもしれんが。

配信画面には薄暗い坑道が映っていた。現在の最前線ダンジョン、《ナイン坑道》だ。

柱や梁《はり》に支えられた細い坑道を、４人のプレイヤーが武器を構えたまま進んでいる。画面は、それを後方斜め上から映していた。

……なんか、ずいぶんと緊張感に満ちてないか？

配信を開いてからというもの、映っているプレイヤーは誰も喋《しゃべ》っていない。セツナは結構コメントを拾うタイプの配信者のはずだが、コメントに目をやる様子さえなかった。

画面の右にあるコメント欄に文字が流れていく。

〈ろねりあ、K2制圧〉〈K2制圧〉〈ろねりあK2制圧〉〈あとA区画、F2〜3　M区画のみ?〉〈NPCの台詞《せりふ》変わった!〉〈NPCの台詞更新「もう少しだ!　ゴブリンたちは坑道の奥へと逃げ込んでいる!」〉〈クリアあるぞおおおお!〉

「んえ?」

なんか様子がいつもと違うぞ。よく見たら視聴者数もいつもの3倍くらいある。

俺は配信画面を別ウインドウに除《よ》けて、つぶやき《ツイート》系SNSを開いた。

『MAO』で検索すると、関連ツイートがずらりと並ぶ。その中で真っ先に目に付いたのは、

〈ナイン坑道攻略間近!　各エリア首都にてパブリックビューイング開催中!〉

「マジでっ⁉」

俺たちが混浴だのカードだのやってる間に何があった⁉

俺の声に驚いて、チェリーがウインドウから顔を上げた。

「どうかしました?」

「ナイン坑道がクリアされそう!」

「ほんとですか⁉」

チェリーは慌《あわ》てて四つん這《ば》いで寄ってくる。布団の上に胡坐《あぐら》を搔《か》いた俺の前に身を割り込ませ、ウェブウインドウを覗《のぞ》き込んだ。桜色の髪から甘い匂《にお》いがふわりと香る。

「まだ大分ありそうって話じゃありませんでしたっけ？」

「広さすらよくわかんないくらいだったよな」

「ですよね。暗いし広いし複雑で、マッピングすらまともに進まなくて……」

「ちょっと調べる。どっかで経緯《けいい》をまとめてるはずだ」

「こっち私が見ます」

チェリーがＳＮＳのウインドウを手元に引き寄せたので、俺は再びGamers Gardenを開いた。セツナの配信を横目に見ながら、他の配信者を片っ端から確認していく。

夕方にも会ったろねりあの配信を開くと、黒髪ロングの女子がカメラに向けて喋っていた。

『私たちはＡ区画でセツナさんたちと合流しようと思います。みんな、それでいい？』

奥に映り込んでいる３人がめいめいにオーケーのサインを出す。

『できればリスナーさんのどなたか、先方に報告しておいていただけますか？』

〈もう報告されてる〉〈手でＯＫってしてたから大丈夫〉

『ありがとうございます。では急ぎますので、しばらくコメントは読めません』

〈おけ〉〈おけ〉〈がんばれー！〉

育ちの良さそうな綺麗なお辞儀をすると、黒髪ロングのろねりあは背中を向け、３人の女子たちと共に走り始めた。

配信者が無言になったタイミングで、ちょうどいいコメントが流れてくる。

〈今来たんだけどどういう状況？〉

同じ質問が何度もあったんだろう。即座に他のリスナーから答えが来た。

〈ＮＰＣが出てマッピング終わった〉〈坑道内にクエストＮＰＣ出現。クリアしたらイベント発生〉〈坑道の中に山ゴブリン大量発生。全部倒したらボスが出てくるっぽい〉

「坑道の中にクエストＮＰＣ？」

俺が知る限り、そんなのはいなかった。何らかの条件を満たして出現したってことか？

「先輩。まとめ見つけましたよ」

チェリーが一つのツイートを見せてきた。メモ帳に書いた長文を撮影《スクショ》した画像が添付されている。

『18：32。セツナがボス部屋らしき扉発見。扉は開かなかったが鍵はなし。とりあえずブクマ石で位置を覚えて離脱』

ブクマ石ってのは《往還《おうかん》の魔石》というアイテムのことだ。使うと現在位置を記憶し、もう一度使うと記憶した場所に戻ってこられる――要するに現在位置をブックマークできるアイテム。結構高級で、所持上限《スタック》もわずか1個しかない。

『19：03。話を聞いた最前線組4パーティが集まる。しかし、なぜかブクマ石での転移が無効。

徒歩でナイン坑道に向かうと、入ってすぐの場所に炭坑夫の霊（？）がいた。（これ以前の目撃報告なし）』

「『炭坑夫の霊？』」

声がハモった。それが件《くだん》のクエストNPCなのか？

「炭坑夫の霊……って」

「なんか、つい最近聞いた話ですね……」

まさに、ついさっきのことだ。俺たちは、この旅館に閉じ込められていた炭坑夫の霊を解放したばかりで――それが確か、19時くらいのこと。

「……マジで？　この温泉クエストがフラグだったの？」

「私、報告します！」

チェリーが自分のブラウザでSNSを開いた。

少しして、セツナやろねりあなど、ナイン坑道攻略中の配信にコメントが流れる。

〈チェリーが呟《つぶや》いてる。〉〈温泉クエストってなんだ？〉〈キルマ村の温泉クエスト進めてたら炭坑夫の霊を解放するイベントがあったって〉〈温泉クエストってなんだ？〉〈キルマの村のか〉〈アレがフラグかよ。あからさまにデートクエストだったからスルーしてたわ〉〈この状況で呑気《のんき》に温泉デートしてて草〉

うるせえな！　デートじゃねえよ！

などとコメントに突っ込んでいる場合じゃない。

「どうする?」

「今から行っても間に合いませんよ。他の皆さんに任せましょう」

「それもそうか……」

ちょっと残念だが仕方がない。攻略に貢献《こうけん》はしたみたいだから良しとしよう。

俺たちは布団の上で肩を寄せ合い、このナイン山脈のどこかで繰り広げられている戦いを、配信越しに見守った。


それから2時間――ナイン坑道での戦いはまだ続いていた。

合流したセツナとろねりあのパーティが、マウンテンゴブリンの軍勢と戦っている。配信を同時に開いて《ふたつ》いると、戦闘を二つの視点から観られて面白い。

一方、他の配信では、一回り大きい敵――《マウンテンゴブリン・リーダー》との激闘が繰り広げられていた。

ナイン坑道の各地で多数の取り巻きと共に待ち構えているこの中ボスは、通常のマウンテンゴブリンの1・5倍ほどもある体格に、岩すら砕けそうな巨大な斧《おの》を持っている。取り巻きをうまく引き剝《は》がしつつ、一撃で半分以上もHPを持っていかれる斧を掻《か》い潜《くぐ》って、2本もあるHPバーを削り切らなければならないのだ。

難敵だが、こいつを一定数倒さなければイベントは進まない。

さらに他の配信では、初心者が最初に降り立つ街《教都エムル》中央広場の様子が映されていた。広場の中心にいくつものホログラム・モニターが浮かび、ナイン坑道で戦うプレイヤーたちの配信をそれぞれ放映している。ときおり配信に動きがあると、その配信のモニターがぐわっと拡大されて、詰めかけた多くの観客が悲鳴を上げたり歓声を上げたりした。

俺たちは、それらの映像を恋狐亭《れんこてい》エントランスの談話スペースに浮かべて眺めている。

この事態に気付いて間もなく、同じく気付いたブランクが部屋に飛び込んできたので、エントランスに降りて4人全員で観《み》ることになったのだ。

「わっ！　弾《はじ》きましたっ！　あんなおっきい斧……」

「いやヤバい！　取り巻き来てるぞ！」

「セツナさんたち、最後の補給から何分経《た》ちました？　もうポーションないですよ！」

「待て、補給部隊の態勢が整ってきたようだ。ギリギリだな……！」

配信のほうからも、プレイヤーたちの声が絡《から》まり合って響いてくる。

『補給部隊到着！』『すいません！　いったん撤退《リコール》します！』『A1抜けた！　誰かカバー！』

『カバーします！』『ああぁっ！　ごめん、そっち行った‼』

ナイン坑道を巡る冒険者とゴブリンたちの戦いは、RTSの様相を呈し始めていた。

プレイヤーたちは決して一枚岩ではない。配信者はたいてい自分でクランを作っているし、配信者ばかりに活躍させまいと他の攻略クランも参戦している——誰もがボス討伐《とうばつ》の栄誉を得ようと機会を狙っているのだ。

しかし、目の前の困難をクリアするための効率的手段として、彼らは協力を選んだ。

競争にして共闘。

決して馴れ合うわけじゃないが、無意味にいがみ合うわけでもない。

そして、それを観て熱狂する観客たち。

そこには、男も女も、子供も大人も、初心者も上級者も、ライトもヘビーもない。

各配信にコメントを投じる視聴者たちのように、MAOのアカウントを持っているかどうかすらも無関係だった。

今、この瞬間、この戦いを知るすべての人間が、このゲームに——このムラームデウス島で織り成される『時代』に、参加している。

多人数同時参加型《マッシブリー・マルチプレイヤー》。

MMORPGの名を体現するこの状況こそが、MAO最大の特徴にして真骨頂《しんこっちょう》だった。

すなわち——《クロニクル・クエスト》。

全プレイヤーによって共有されるこのクエストは、誰かが一人でもクリアすれば二度と復活せず、クリア報酬はアカウントを持つ全員に与えられる。その内容は貢献度に応じて豪華になり、上位ともなれば、二度と手に入らない超貴重品が手に入ることも珍しくない。

さらには、その活躍が公式ノベライズ《クロニクル》に記されて、ＭＡＯ世界の歴史に名を残すことになるのだ。

ミソなのは、戦闘に参加することばかりが貢献度を上げる手段じゃないってこと。

例えば、クリア者の武器をメンテした。

例えば、補給部隊としてポーションを運んだ。

例えば、クリアに必要なクエストを発見した。

一見些細《ささい》にも思える行動のすべてが、貢献ポイントと呼ばれる内部ステータスとして計算されて、最終的な貢献度を決定する。

過去には、戦闘に一切参加せず、ただ線路を敷設《ふせつ》していただけの《鉄連》メンバーが上位10人に入ったこともあった。今回だって、俺やチェリーは戦闘には参加していないものの、重要クエストを偶然クリアしたから、上位50人には入るはずだ。ブランクとウェルダもパーティメンバーだったから、トップ１００にはおそらく入るだろう。

部外者などいない。

このゲームで――この島で紡《つむ》がれる歴史には、初心者も上級者も、戦闘職も生産職も関係なく、全員が関《かか》わっている。

——ようこそ、時代の礎《いしずえ》となる者よ

MAOにログインするときに通る扉に刻まれたメッセージ。

あれはただの演出じゃない。

このゲームで起こることを的確に表現した、いわば説明書なのだ——

『A3制圧！　どっち⁉　どっち⁉』『M3制圧っ！　……ぐああ！　負けた！』『順番関係ないでしょ！』『これで全部⁉』『NPCの台詞変わりました！　配信に載《の》せます！』『やったぜ！　奴ら、袋小路《ふくろこうじ》に逃げていきやがる！　行け！　扉はもう開くはずだ！』『っしゃあ！行くぞお前らあああああッ‼』

ボス部屋への道が開けると同時に、SNSのトレンドをMAO関連ワードが席巻《せっけん》する。

パブリックビューイングの観客が一斉に歓声を上げて、身体がびりびりと震えた。

ただの映像。

ただの画面。

ただの文字。

俺が実際に見ているのはそれだけのものだ。

でも、そこには熱があった。

炎のような熱が、渦のようにうねっていた。

今、ナイン坑道にいる連中は、外野の様子なんていちいち確認していないはずだ。

それでも——薄暗い坑道をひた走る、異種様々な装備の冒険者たちは、渦巻く熱に背中を押されているように見えた。

勢いのまま、大きな扉が開かれて、総勢30名にもなるプレイヤーたちがボス部屋へとなだれ込む。それを俺たちは、4人の配信者の背後から、4つの視点で見守った。

袋小路だった。

出口はなく、円形の空間が広がっているだけでしかない。

その最奥《さいおう》に、1体のマウンテンゴブリン・リーダーがいた。

おそらく、最後の1体だろう。あいつを倒せば、ナイン坑道はクリアになるのか？

……いや、違う。

クロニクル・クエストは、そんなに甘いもんじゃない。

最後のゴブリンは、こちらに背を向けていた。

その顔が向く先——最奥の壁には、黒光りする石がはめ込まれている。

あれは……黒曜石《こくようせき》？　確かこの坑道って、炭坑じゃなかったっけ……？

と、思った瞬間。

『GIァァAAAAA————ッッ‼』

ゴブリン・リーダーが雄叫《おたけ》びを上げて、その手の斧を、壁の黒曜石に叩きつけたのだ。

ガキンッ！　とけたたましい音を立てて、黒曜石が砕け散る。

……静寂《せいじゃく》が漂った。
『なんだ？』
プレイヤーの誰かが、そんな風に呟いた。
直後だった。
『ギッギッギッギ……ギッギギギギギギギ――――ッ‼』
最後のゴブリンが、軋《きし》むように笑う。
それはどこか、まともとは思えない笑い声だった。
例えば……そう、教義に殉《じゅん》じる狂信者のような――
『――ズズンッ……‼』
4つの配信画面が、揃って縦《たて》に揺れた。
『注意‼』
誰かの声が鋭く飛び、
――バコリ。
ゴブリンの奥の壁が、崩れた。

目が、合う。

崩れた壁の奥から、巨大な目が現れたのだ。

おそらく、材質はダイヤモンド。真っ白な輝きを放つ目玉が、ゴゴリと動く。はっきりと意思を感じさせるそれは、目の前のゴブリンを捉《とら》えていた。

知らず、ぞくりと寒気が走る。

だって、目玉だけで壁を埋め尽くすほどにデカいのだ。

だとしたら、その持ち主は、一体どれほどの――⁉

『これヤバくね？』

ゴブリンは笑い続ける。

笑い続ける。

笑い続ける。

その笑い声をかき消すように――

『――ズズウンンッ……‼』

さっきよりずっと激しく、空間が揺れた。

今度はすぐに治まらない。

揺れ続け、震え続け、壁と天井に亀裂《きれつ》が走る……！

『やっ……ヤバいヤバいヤバい‼』

『逃げるよみんなっ‼』

天井が崩落する。

配信画面を、瓦礫《がれき》と粉塵《ふんじん》が埋め尽くしていく。

その寸前。ほんの一瞬だけ。

崩れた壁の向こうで、巨大な獣《けもの》が首を持ち上げるのを、カメラが捉えた。


――ズズウウンンッッ……!!!!


「うおっ!?」

「きゃっ!?」

「ゆ、揺れましたっ！」

「ははははっ!!」

不意に、地面が揺れた。

配信画面の、じゃない。

――今、俺たちがいる、この旅館の、だ。

ナイン坑道だけじゃなく、その周囲、ナイン山脈そのものが震撼《しんかん》した……!?

揺れが治まると、俺たちは誰からともなく立ち上がり、玄関から恋狐亭の外に飛び出した。

右手側――北方に、夜闇に沈んだナイン山脈が広がっている。

その彼方《かなた》。山を一つ越えた辺りで、大量の粉塵が星々を覆い隠しているのが見えた。

いいや……粉塵だけじゃない。

双月の輝きが、粉塵の中に、かすかに影を映している。

狼《おおかみ》のような形をした、黒い影。

山と見比べても遜色《そんしょく》ないサイズの偉容。

稜線《りょうせん》の上から見切れた頭が、大きく口を開けたように見えた。

それから、数秒の間隔を開けて——


強烈な咆哮《ほうこう》が全身を覆い尽くした。


まるで、遠雷。

咆哮が、山を越えてきた……！

「はははは‼　でっかー‼　はははははは‼」

ブランクが笑い転げていた。確かに、笑うしかない。あまりにデカすぎる！　山からはみ出してるってどういうことだよ⁉

俺はインベントリを開いて、望遠鏡を取り出した。それを右目で覗いて、山向こうに見える巨大狼の顔をフォーカスする。

ネームタグがポップアップした。

それを、俺は半信半疑のまま読み上げる。

「《神造炭成獣《しんぞうたんせいじゅう》フェンコール　Lv127》……エリアボスだ」

「127ぁ⁉　今のレベル上限《キャップ》寸前じゃないですか！　120超えてる人だって数えるほどしかいませんよ！」

「はっはっは‼　これまた本格的に潰《つぶ》しに来たな運営！　開発が間に合ってないのかあ⁉」

「あ……あんなのに攻撃されたら、一発でペチャンコですっ……」

開きっぱなしにしていた配信から悲鳴が聞こえてきた。

見れば、粉塵に包まれていた映像が復活して、巨大な狼――フェンコールを見上げているところだった。

『レベル127ってなんだよ！』『調整ミスってんぞ運営！』

無事、坑道の崩落を逃れたらしい。さすがは最前線の猛者《もさ》たち、脱落者はいない。

だが、30人ぽっちであの化け物を倒せるか？

いや……足りない。総力戦で挑むべきだ。

一人でも多く、戦力を増やす必要がある。

「……先輩」

「ああ」

「さっきは他の皆さんに任せるって言いましたけど」

「わかってる」

俺たちは装備メニューを開いた。

装備変更——浴衣から、戦闘用の装備へ。

俺は黒を基調とした軽鎧《けいよろい》に深緑のコートをまとい、背中に《魔剣フレードリク》を背負った。

チェリーは紅白色の和風装備に身を包み、右手に《聖杖《せいじょう》エンマ》を握った。

俺たちは互いの姿を確かめて、肯《うなず》きを交わす。

「どうやって行くつもりかね？」

浴衣に白衣のブランクが言う。

「あそこまでは遠いぞ。かなり時間がかかってしまうと思うが」

「そこは……まあ、なんとかしますよ」

「ナイン坑道が崩れたからな。たぶんフェンコールのところまでショートカットできる道が、どっかにできてるんじゃないか？」

「ですね。まずはそれを探して——」

「——なに～？　何の音～？」

旅館の中から眠そうな顔の六衣が出てきた。割烹着《かっぽうぎ》のまんまだが、寝てたのか？

「すごい揺れたんだけど～。何？　地震～？」

「あれですっ。見てくださいっ、あれっ！」

「ん～？」

ウェルダの指に導かれて、六衣は山向こうに聳《そび》えるフェンコールを見やる。

「あ～。フェンコールかぁ、起きちゃったのね。ついにゴブリンどもがやらかしたかあ」

「あいつのこと知ってるのか？」

「まあね。ここらに長く住んでる奴はみんな知ってるわ。ず～っと昔に……えっと、ニンゲンはなんて呼んでたっけ？　……ああ、そうそう。《魔神》が《神子《みこ》》との戦いのために作った、神造兵器ってやつ？」

「《魔神》と来ましたか……」

《魔神》ってのは、ムラームデウス島の神話に出てくる言葉だ。

神話では、この島は大昔の大戦争で死んだ《旧《ふる》き存在》の死体ってことになっている。

その《旧き存在》の転生体が《魔神》で、別の《旧き存在》の転生体である《神子》と長きに亘《わた》って戦いを繰り広げた。

で、ゲーム内時間で約５００年前――双月暦《そうげつれき》元年にその戦いが終わって、敗北した《魔神》は夜空に放逐《ほうちく》され、月のそばに侍《はべ》る小さな月、《子月》になった。

つまり、そのときからこの世界の月は二つになったのだ。だから《双月暦》なのである。

モンスターのほとんどは、魔神が神子と戦っていたときに生み出した眷属《けんぞく》の末裔《まつえい》である。

だが、あのフェンコールは末裔じゃなく、そのものらしい。

つまりヤバい。

異世界ファンタジーは基本、出自が古ければ古いほどヤバいのだ。

「なんかゴブリンどもが崇《あが》め始めて、いつか起こしちゃうんじゃないかなこれ、って思ってたけど……予想が的中しちゃったわね。ま、しばらく暴れたら疲れて寝ちゃうでしょ。放っておけばいいんじゃない？」

「しばらく暴れたらって……それ、どのくらいですか？」

「えーっと……前に起きたときは20年くらいかかったかしら？」

時間感覚が違いすぎる！

「これ、クロニクル・クエストですよ……。何があっても取り返しが付かないのに……」

クロニクル・クエストは、このムラームデウス島の歴史そのものだ。

だから、NPCがどれだけ死んでも、村がどれだけ燃えても、地形がどれだけ崩れても、再生《ロード》してハイ元通りとはならない。

このゲームにはハッピーエンドもバッドエンドもない。ただ歴史が重なるだけなのだ。

「早いところ行きましょう、先輩！　皆さんが全滅する前に……！」

「ああ……！　たった2人でもいないよりマシだろ！」

「――ちょっと待って。もしかして、あいつを倒しに行くの？」

六衣が言った。俺たちは肯いて、

「ああ。倒したら戻ってくるから、鍵かけるなよ」

「そっか。……うーん」

狐耳《きつねみみ》の女将《おかみ》は、難しい顔をして首を捻る。

「考えてみれば、あいつが暴れてたらお客さんも来なくなっちゃうし……うん、よし、わかった！」

ぱんっ！　と、六衣が手を叩いた直後——その身体の輪郭《りんかく》が、瞬時に変貌した。

割烹着を着た女性の姿から、６本の尾を持つ大きな狐の姿へ。

「乗って！」

エコーがかかった声で、六尾の金狐《きんこ》は告げる。

「連れてってあげる！　あいつのところまでひとっとびよ！」

俺とチェリーは顔を見合わせた。

これも運営の用意したシナリオなのか？

それとも、六衣のＡＩが自ら選択した行動なのか？

わからないが、迷う理由はない！

「よっしゃナイスっ！」

「ありがとうございますっ！」

俺とチェリーは金色の大狐に駆け寄る。俺たちが乗りやすいよう、六衣は地面に伏せてくれたが、それでも俺の身長と同じくらいの高さがあった。

「ケージ君！　チェリーちゃん！　一つ取材させてくれないか！」

呼びかけられて振り返る。

白黒の長髪と、白衣の長い裾《すそ》とが、夜風に靡《なび》いていた。

「君たちはなぜ行く⁉　デスペナルティを喰らうだけかもしれない。得になることは何もないかもしれない。なのになぜ戦場へと赴《おもむ》く⁉」

はあ？

俺は一瞬、困惑《こんわく》した。

だって――

「そんなの」「決まってます」

得にはならないかもしれない。

益にはならないかもしれない。

役には立たないかもしれない。

でも。

「楽しそう」「だからですよ‼」

今この瞬間、この胸が高鳴っている。
この胸の高鳴りを、一緒に感じてくれる奴がいる。
だから、名誉がなくても——勝利がなくても——自慢にならなくても！
楽しそうであること以外に、理由なんざ一つもいらない‼
「……そうか」
ブランクは、嬉しそうに微笑んだ。
「ならば行ってこい、主人公《ゲーマー》ども。存分に楽しめ、この物語《ゲーム》を！」
俺たちは六衣の背中に飛び乗った。
それを確認するなり、大狐は地面を蹴る。
身体がぐんと後ろに引っ張られて、慌てて金色の体毛を摑《つか》んだ。
後ろに乗ったチェリーが、俺の腰に腕を回してくる。
六衣が走る先には崖《がけ》しかない。
地面は遥《はる》か数十メートル下。
夜闇しかない虚空《こくう》に向かって——
金色の大狐が、その巨軀《きょく》を躍《おど》らせた。
「うおあああああっ⁉」

「きゃあああああっ‼」

俺は本気で悲鳴を上げたが、チェリーのそれは楽しそうだった。

夜気が肌に吹きつける。

腰に回された腕の力がぎゅっと強くなる。

背中にいろいろ当たっている気がしたが、意識の外に締め出した。

見るのは、前。

星々煌《きら》めく夜空の、遥か彼方。

山すら越えた向こう側に見える、フェンコールの巨影。

すなわち——

——今現在。

——このゲームで。

——一番楽しそうな場所だッ‼

「あっやばい無理無理無理忘れてた俺高所恐怖症だからああああああああああああ‼」

「遅いですよ！　勇ましく飛び出す前に言ってください‼」

金色の狐が、満天の星空を流星のように貫《つらぬ》いた。

第19話　VS. 神造炭成獣フェンコール

六尾の狐《きつね》が夜空を駆ける。

風を振り切り、山を越え、その向こうを見下ろした瞬間、俺もチェリーも息を呑んだ。

大穴だ。

直径100メートルにもなろう大穴が、山脈のド真ん中に空《あ》いていたのだ。

山体崩壊。ヤツが目を覚まし、身を起こした、ただそれだけで丸々ひとつ山が崩れた。その痛ましい結果が、その大穴だった。

その中に、ヤツはいる。

闇に溶けるような漆黒《しっこく》の体軀《たいく》に、月のように輝くダイヤモンドの双眸《そうぼう》。

そのサイズは目算もできない。ひとたび口を開けば、夜空に浮かぶ月でさえ容易に飲み込むだろう、あまりにも巨大な狼《おおかみ》だった。

ナインサウス・エリアボス――《神造炭成獣《しんぞうたんせいじゅう》フェンコール》。

怪獣と呼ぶ他にない巨軀の頭上で、俺たちを乗せた大狐・六衣《むえ》が大きく旋回する。

俺とチェリーは身を乗り出して、地上を見下ろした。

フェンコールの足元に、何か小さなものが蠢《うごめ》いているのが見える。あまりに小さく見えたから小動物の類《たぐい》かと一瞬思ったものの、それこそ、ナイン坑道を攻略したプレイヤーたちだった——数にして約30名。剣で、槍《やり》で、そして魔法で、果敢《かかん》に攻撃を仕掛けているようだが、それらが届くのはせいぜい足首までだ。

とにかくデカすぎる。

京都駅ビルがそのまま狼になったみたいなサイズ感なのだ——こんな奴、普通に攻撃しただけで倒せるわけがない！

「ねえ、どうするの⁉」

六衣の怯《おび》えを含んだ質問に、俺は少し考えて、

「……観察だ。いったん落ち着いてよく観察しよう」

「これだけ大きいと、ただ剣で殴《なぐ》っただけで倒せるとは思えませんからね……」

「ああ、絶対何か攻略法がある。弱点なりギミックなり、それを探し出したい」

「でも悠長《ゆうちょう》にしていたら——」

『うあああああっ⁉』

横で開きっぱなしにしていた配信画面から悲鳴が飛び出した。

『くそっ！　全然近付けない！』『退《さ》がって、みんな！　退がって‼』『デカすぎて全体像すらよくわかんねーよ‼』

フェンコールの前足が隕石《いんせき》みたいにプレイヤーたちを叩《たた》いているのが見えた。あれじゃ全滅

は時間の問題だ。せっかく弱点がわかっても、生き残ったのが俺たちだけじゃ……！

「足元にいたらダメだ……！　おい六衣！　お前、何人まで乗せられる⁉」

「ええっ⁉　他の人も運ぶの⁉　って、ていうか、男の人に、名前……」

「そういう反応はいいですから！　何人ですか！」

チェリーにバシバシ背中を叩かれ、六衣は慌《あわ》てて答える。

「ろ、６人！　あなたたち合わせて６人が限界！」

「さすがに30人は無理か……」

「当たり前よ！　そ、それに、男の人はダメだからね⁉　男の人に全身を触られるなんて、なんか、その……興奮しちゃうじゃない‼」

「やかましい！　全年齢向けゲームにあるまじきキャラだなお前は‼」

今年の夏にでも思う存分やってろ！　薄い本の中で！

「先輩！　ちょっと周り見てください！」

「周り？」

俺はフェンコールの巨体を取り巻く地形を見回した。

山脈の一部だけが崩壊したからだろう、周囲は絶壁に囲まれている。

その絶壁に、まるで建設現場のキャットウォークのように、崖道《がけみち》が這《は》っていた。

「……なるほどな……。登れってことか！」

「私たちを除いて4人、運べるだけ運んで、他の人たちには崖を登ってもらいましょう！」

「ああ。足元にいるよりはずっとマシだ！」

六衣を急降下させる。フェンコールの視線を避ける形で地面に近付くと、プレイヤーたちが気付いてこちらを見上げた。

「鳥か⁉」「飛行機か⁉」「いや、九尾の狐だ！」「1、2、3……3本足んなくね？」

「足りなくて悪かったわね‼」

「「喋《しゃべ》ったあーっ‼」」

意外と余裕あんなあオイ！

「皆さん！」

チェリーが身を乗り出して叫ぶと、どよめきが走った。

「チェリーじゃん！」「ってことは……！」「空飛ぶリア充だ！　撃ち落とせ！」

「うるっせえなっ‼　もう見捨てるぞ‼」

配信画面のコメント欄が加速している気がしたが見ないようにした。

チェリーが絶壁を指差して叫ぶ。

「上です！　大穴の上まで登ってください！　崖に道があります！」

「あと4人まではこの狐に乗れるから来い！　あ、ただし女子だけ！」

「はあ⁉」「ハーレムか⁉」「調子乗りやがって！」「わからせてやる、降りてこい‼」

「違《ちげ》えわ！　こいつがそう言うんだから仕方ねえだろ——うおわっ⁉」

六衣が急に動いたかと思ったら、目の前を巨大な前足が通り過ぎた。

ぐおん！　と空気が唸《うな》って、危うく振り落とされそうになる。こっわっ‼

「フェンコールの奴に気付かれたわ！　もうあんまり近付けない！」

「くっそ……！　4人だけでも運びたかったが……」

『ケージ君！　チェリーさん！　配信見てる⁉』

歯噛みしたそのとき、横に開いたウインドウから声がした。セツナの配信画面だ。

爽《さわ》やかなイケメンが、透き通ったイケメンボイスでカメラに向かって叫んでいる。

『もし見てたらフェンコールの背後へ回ってくれ！　ろねりあさんたちがそっちに行った！

僕らは崖を登る道を探す‼』

『お二人とも、聞こえますか⁉　私たち4人、お願いします！』

『『『お願いしまーす‼』』』

配信を連絡手段に使うか……！　通話を繋《つな》いでいる暇《ひま》はないからな。助かる！

「よしっ！　六衣、フェンコールの背後へ回れ！　そこで4人拾う！」

「わかったっ！」

「一応コメントで返事しておきます！」

「任せた！　お前のほうが他のリスナーが優しいからな！」

「先輩の分まで優しくされておきますね！」

「誰のせいで厳しくされてると思ってんだよ！」

六衣をフェンコールのお尻のほうに向かわせる。と、巨狼《きよろう》の後ろ足の間を走り抜けてくる4人の女子の姿があった。すげえな！　怖くねえの⁉

彼女たちの前に六衣を着地させると、黒髪ロングのろねりあが律儀《りちぎ》に頭を下げてきた。

「ありがとうございます。お世話になります」

「お、おう」

敬語なのに礼儀正しいと違和感があるな（言語感覚の乱れ）。

「聞いたぞぉ、二人ともぉ～」

ろねりあのパーティメンバーの一人であるツインテールのビキニアーマー女子――双剣くらげが、にたにた笑いながら言った。これ知ってる。妹《レナ》がよくする顔だ。

「二人で温泉クエストやってたんだよね？　二人で！　二人っきりで！」

「も、もしかして……混浴、とか……？」

「きゃーっ！　ショーコえろいっ！」

ツインテの双剣くらげがショーコと呼ばれたショートボブの女子をバシバシ叩く。

チェリーは人当たりのいい笑みを作って、

「二人じゃなくて四人ですしただのクエストですし混浴とかするわけないでしゅし」

噛んでるし無闇に早口だよ。逆に怪《あや》しいよ。

「二人とも。時間ないんだから早く乗りな」

ポニーテールの高身長女子――ポニータが、ツインテとショートボブの背中を押した。

「あとこれ、配信に載《の》ってるからね。恋バナなら配信外で」

「え～！　未《いま》だにカップルじゃないとか言ってるから外堀埋めてやろうと思ったのに～」

「もう辺り一面埋まってるから大丈夫だよ」

「あっ、そっか！」

そっかじゃねえんだよ。お前らがオープンβ《ベータ》の頃から散々吹聴《ふいちょう》したからだろうが！

「……すいません、私の友達が」

ろねりあが再び頭を下げた。

チェリーは諦《あきら》めたように溜め息をついて、

「もう、とにかく乗ってください。一気に上まで連れていきます。……あと、本当に混浴とかしてませんから！」

〈してたな〉〈してたな〉〈してたな〉〈通報しました〉

ああー！　コメント欄が目に入ったあー！

ろねりあたちを大穴の上まで運んだあと、俺たちは六衣を取って返させた。

崖道を駆け上る他のメンバーが、フェンコールの猛攻を受けていたからだ。

フェンコールは、前足によって崖道を叩き壊す傍《かたわ》ら、口から火まで噴いていた。

「こっちでタゲを取りましょう。飛べる私たちのほうが攻撃を避けやすいはずです！」

「えっ⁉　フェンコールの注意を惹《ひ》くってこと⁉　むりむり死んじゃう死んじゃう‼」

「悪いけど頑張ってくれ！　俺が絶対守ってやるから！」

「えっ……？（トゥクン）」

「さっさと行ってくださいこの駄狐《だぎつね》‼」

「だっ、駄狐⁉　尻尾が６本もある高貴なわたしに向かって——痛い痛いっ叩かないで！」

「ちょっ、なんで俺まで叩く⁉」

六衣をフェンコールに向かわせながら、チェリーはスペルブックのページを繰《く》る。

「どの魔法が一番効いたか、ろねりあさんたちに聞いとけばよかったです……！」

「とりあえず炎だ！　『神造炭成獣』ってことは炭でできてんだろ⁉」

「なるほど。よく燃えそうです！」

チェリーは聖杖《せいじょう》エンマの先端をフェンコールの顔面に向ける。

「《ファラゾーガ》っ！」

直径１メートルほどもある大きな火球が射出される。

オレンジ色の軌跡を棚引《たなび》かせながら飛翔したそれは、フェンコールのこめかみの辺りに激突して、ドオウンンッ‼　と大爆発を起こした。

通常の《ファラゾーガ》のエフェクトじゃない——炭だ。やっぱり炭だ。あの黒い身体は炭でできている。だから炎が通りやすいんだ！

だが、フェンコールの3本もあるHPゲージは、ほんの1ドットほど削れただけだった。

「硬《かた》って……！」

「何百発撃てばいいんですかあれ！」

『それじゃダメだ、二人とも！』

配信画面からセツナの声が聞こえてきた。画面は細い崖道を駆け登る背中を映している。

『弱点っぽい攻撃でもほとんどヘイトを稼《かせ》げない！　挑発魔法のほうがいい！』

「マジかよ……！　盾役《たてやく》なんて普段やらねえからショートカットに入れてないぞ……！」

俺はスペルブックを召喚してページを繰った。挑発魔法——《ウォークライ》の流派コストは安い。一応使えるようにしておいたはず……！

「——あった！　《ウォークライ》！」

俺の身体がピカッと光って、空気が轟《とどろ》いた。

フェンコールの俺に対する憎悪値《ヘイト》が上がって、巨大な顔がこっちを——

——向かなかった。

「があぁーッ!!　熟練度が足りねえええ!!」

「先輩！　今のとこ何にもできてませんよ！」

「わかってるよ‼」

セツナを含む一団は、絶壁の中腹を走っている。あと少しだ。あと少し登れば高さ的に前足攻撃が届かなくなる！　でも……！

フェンコールが左の前足を振り上げた。

狙いは――一団の前方！

完璧な偏差撃ちだった。このまま走れば確実に直撃する。さりとて止まれば道がなくなる。

つまり、やるべきは一つ――

――あの攻撃は、出させないッ‼

「六衣、行け！」

「ええっ⁉　むっ、むりっ――」

「俺を信じろ‼」

「っ⁉　……は、はいっ」

「だんだんしおらしくなってんじゃないですよ喪狐《もぎつね》‼」

「喪狐⁉」

六衣が鞭《むち》を打たれたように宙を駆ける。

巨大な前足が轟然と大気を打ち割る。

神の鉄槌《てっつい》めいた攻撃を目の前に――俺は、六衣の背中で立ち上がった。

「ちょっ！　何してんの!?」

「任せた！」

チェリーに言い残し——返事を聞くこともなく——俺は、六衣の背中からジャンプする。

全身に風を受け、宙を突っ切りながら、背中から魔剣フレードリクを抜き放った。

視野が狭まる感覚を得る。

振り下ろされるフェンコールの前足が、《受け流し》の発動を待たずして遅く見えた。

俺は崖道を走るセツナたちと振り下ろされる前足の間に横から滑り込む。

攻撃範囲に入ったことで、今度は本当に《受け流し》が発動した。

視界がスローモーションになる。

とはいえ、このままじゃ慣性のまま通り過ぎるだけだ。

——狙いは、迫り来る足裏の、向かって右端。

「第三ショートカット《キャスト・スリー》発動ッ!!」

魔剣フレードリクの刀身が、紅蓮《ぐれん》の炎を纏《まと》った。

横に流れていた慣性が消滅する。

地面に引っ張っていた重力が消滅する。

直前までのベクトルがすべてキャンセルされ、上へ——!!

──《焔昇斬《えんしょうざん》》‼


身体と共に剣が跳ね上がり、フェンコールの前足を迎え撃つ！

だが、正面からじゃない。

剣尖《けんせん》が激突したのは、足裏の右端。

漆黒の炭でできたそれに──紅蓮の炎が走った。

「どおぅわっ⁉」

間近で炸裂《さくれつ》した爆発に巻き込まれ、俺は吹っ飛ばされる。

だが──成功だった。

爆発の衝撃で、前足の軌道が変わったのだ！

前足はギリギリ、セツナたちの後ろを破壊する……‼

「「「う……おおッ⁉⁉⁉」」」

〈は？〉〈マジかよｗｗｗｗｗｗｗ〉〈焔昇斬で弾《はじ》いた？〉〈うっま〉〈ウッソだろお前〉〈神業《かみわざ》すぎて草〉〈笑うしかねえ・・・〉

セツナたちの一団がどよめくと同時に、視界の端で配信のコメント欄が急激に加速したのが見えた──が、俺にはそれを悠長に確認している余裕がない。

「うおおわ落ちる落ちる落ちるチェエエエエリイイイイイイ────ッ‼‼‼」

「わかってますって！」

自由落下を始めた俺を、六衣に乗って飛んできたチェリーが受け止めた──まるで待ち構えていたように。俺が立ち上がった時点で、こいつには俺のやることがわかっていたらしい。

大狐の背中の上でずりずりとへたり込む俺を、後ろから脇に手を通して抱《かか》え込んだチェリーが、頭上から覗《のぞ》き込んできた。

「もう、高所恐怖症なんでしょう？」

「たまに忘れるんだよ」

「どんな恐怖症ですか」

必死になると怖がってる余裕がなくなるんだっつーの。

「でもファインプレイですよ先輩。パブリックビューイングが歓声で揺れてます。あと今、トレンドに『焔昇斬』が入りました」

「ふはははは！　まーた俺の実力を世に知らしめてしまったか‼」

「今回だけは調子に乗らせてあげましょう。……ですけど、わかってますよね？」

「おう。これでようやく、前提が整った」

六衣を上空に走らせ、大穴の周囲を見下ろした。

大穴を脱出し、縁《へり》まで登ってこられたのは、30人弱。まだ下に取り残されている奴もいるみたいだが、リタイアはまだ出ていない。

これでぷちっと踏み潰《つぶ》される心配はなくなった。

でも、肝心の攻撃手段――攻略法はわからないままだ。

フェンコールが上半身を持ち上げ、大穴の縁に前足をかけ、地上に顔を覗かせる。

冒険者たちを睨《にら》んで、牙《きば》の隙間《すきま》から低い唸《うな》り声を発した。

「本当の戦いはこれから――ってやつだな」


「GAAAAAァAAAAAァァァァ――――――――ッッ‼」

漆黒の巨狼――フェンコールが、咆哮《ほうこう》しながら炎を吐く。

火炎放射という呼び方ではあまりに足りない。それは炎の津波だ。地面を舐《な》めるようにして迫り来るそれを、30人弱のプレイヤーたちは散り散りに回避する。同時、それぞれのスペルブックを高速で手繰《たぐ》っていた。

「《ファラゾーガ》‼」「《ファラゾーガ》ぁ‼」「《ファラゾーガ》ッ！」「《ファラ》！《ゾー》！《ガ》ァァアッ‼」

火球が飛ぶ。無数に。まるで花火大会だ。それらはフェンコールの顔面に殺到し、目が眩《くら》むような炎の花を炸裂させる……！

だが、俺には見えていた。

3本あるフェンコールのHPゲージ——そのうち1本目の、ほんの2パーセントほど。

それが、今の一斉攻撃で入ったダメージのすべてだった。

「硬《か》ってえええッ!!」「夜が明けちゃうよお!!」「火力が足んねえよ火力がぁ!!」

プレイヤーたちが悲鳴と文句を飛ばしまくるのを、俺たちは遥《はる》か上空、六衣の背中の上から見下ろしていた。

「やっぱり何かする必要があるんだ。フェンコールを弱体化させたり、弱点を浮き彫りにしたりする何かを」

「炎が関係するのは確かですよ。あの大爆発エフェクトに意味がないとは思えません」

「でも《ファラゾーガ》じゃ擦《す》り傷くらいにしかならない。火力……火力だ。もっと大きな火力。炎……熱……」

「熱ですか……熱？」

呟《つぶや》いて、チェリーは唐突に辺りを見回し始めた。あるのは半壊した山脈だけだが……。

「どうした？　何か思いついたのか？」

「確信はないんですけど……温泉、あったじゃないですか？」

「おう。あったけど？」

「温泉があるってことは、たぶん、近くにあるはずなんですよ——火山《ヽヽ》が」

火山！

「そうか、なるほど、そうか！　もし、その火山の溶岩を――」

『え？　なに？』

開きっぱなしにしてあるセツナ配信が、唐突にそんな声を発した。

俺たちに対してのものじゃなさそうだったが、反射的に目を向ける。と、画面右側のコメント欄が、あるコメントを読むように配信主のセツナに催促していた。

『えーっと……？　崖の途中に横穴発見？』

「横穴？」

「そんなのありました？」

崖登りで脱落して下に取り残された奴の報告だろう。上にいるセツナたちに合流しようとする途中で見つけたのか。

「確認してみよう。六衣！　高度を下げてくれ！」

「うん！」

俺たちが乗る六尾の狐、六衣が急降下する。

高さにはだんだん慣れてきた。麻痺《まひ》しているとも言えたが。

「……ありますね、横穴。あそこと、あそこ……あっ、あそこにも！」

フェンコールの巨体を一周していくと、絶壁を這う崖道のそこここに、確かに横穴があった。

「新しく出現したのか、見落としてただけか……」

「どちらにせよ無意味ではないはずです。確認してみましょう！」

六衣を近場の横穴に突っ込ませる。暗い洞窟《どうくつ》を少し走ると、すぐ行き止まりに突き当たった。

そこには、何もなかった。——ただ、ヒビの入った壁があるだけだった。

「ヒビ……！　壊せる壁だ！」

「先輩、よく見てください！　ヒビから赤いのが漏《も》れてます！」

亀裂《きれつ》の向こうからは、赤いどろどろした液体が漏れ出ている。これは——溶岩！

「大当たりだ！　これを壊せば——」

「《ファラゾーガ》！」

チェリーがぶっ放した火球が亀裂の入った壁に炸裂するが、壁はビクともしない。

「ダメですね……何か爆弾になるものがないと……」

「仕方ねえ、いったん戻ろう。それと他の面子《メンツ》に報告だ。配信にコメントで——」

「皆さん長文を読む余裕はありませんよ。直接行きましょう！」

来た道を逆戻りする。横穴を飛び出し、崖の壁に沿って上昇し、大穴の上まで。

攻撃から逃げ惑《まど》った結果か、30人弱のプレイヤーたちは散り散りになっていた。大穴の縁の各所から、フェンコールに散発的な攻撃を繰り返している。

話を伝えるなら情報発信力のある奴だ。つまり、セツナやろねりあたち配信者……！

「――いました！　あそこ！　ろねりあさんたちです！」

「よし！」

六衣は文句も言わず駆ける。折良く、ろねりあたちJK４人組はフェンコールに狙われていない。今なら情報を伝える余裕があるはずだ。

「ろねりあさん！」

「お二人とも！　どうしました⁉」

六衣を立ち止まらせると、ろねりあたちが駆け寄ってくる。

「配信を通じて情報を流してほしくて！　下の絶壁の途中に横穴があります！　その奥にヒビの入った壁があるんです！　ヒビからは溶岩が漏れてました‼」

「溶岩ですか⁉　それって……！」

「壊せば溶岩が溢《あふ》れ出して、フェンコールへのダメージになると思います！」

きゃあっ！　と後ろの３人が歓声を上げた。

「すごいじゃないですか！　だったらすぐに――」

「いえ、すみません、まだ壁を壊す方法がわからないんです。何か爆弾になるものが必要だと思うんですけど……」

「爆弾……なるほど。セツナさん、聞こえましたか⁉」

『うん！　横穴だね⁉』

こいつら、他の配信も開いてるのか。これなら疑似的な無線機になる。

『爆弾に心当たりはないけど、とりあえず何人か下に――』

〈コメント！！！！！〉〈コメ見て！！！〉〈コメント見ろおおおおおおおお〉

視界の端にあるセツナ配信のコメント欄が、気付けばそんな文字で溢れていた。

「セツナ！　コメント見ろ！　またなんか催促されてる！」

『えっ!?　なに？　どれ!?　……ちょっちょっストップストップ！　流れちゃうから‼』

配信画面を直接見ている俺より、専用のコメントビューアーを使っているはずのセツナのほうが、コメント欄を遡《さかのぼ》るのは容易《たやす》いはずだ。

『えっと、これ？「一番下に取り残されてるんだけど、フェンコールの体の一部がすげー降ってくる。これ何かに使える？」――』

身体の一部？　フェンコールの……？　ってことは、つまり――

――デカい石炭の塊《かたまり》？

「「爆弾だ！」」

やっぱり、あの大爆発エフェクトは無意味じゃなかった。剝落《はくらく》したフェンコールの一部が爆弾として使えることの伏線《ふくせん》だったんだ！

「それをどうにかして横穴まで運べませんか!?　訊《き》いてみてください！」

『わかった！　えっと、それ、運べそうかい!?』

コメント欄を見ていると、少しして返事が来た。

〈一人じゃ無理。ステータス開いたら人間６人分の重さって書いてあった〉

「人間……」

「……６人分？」

俺たちは同時に、まさに自分たちが跨《また》がっている狐の頭を見つめる。

六衣は背中の俺たちに振り返ると、戸惑《とまど》った声を漏らした。

「え？　わたし？」


大穴の上下を行き来するのは、俺たちが一番速い。

またしても六衣の力を借りて、絶壁に囲まれた大穴を急降下すると、底の端のほうで一人の男戦士が両手を振っていた。そのそばに六衣を着地させる。

「おおー……間近で見るとでけえ」

感嘆《かんたん》の声を漏らした男戦士に対し、六衣はエコーのかかった声で心外そうに言う。

「デカいだなんて失礼するわ。人化したら溜め息が漏れるような美人なんだから」

「マジで？」

「狐耳巨乳美少女女将《おかみ》になるぞ」

「マジでっ⁉」

親切に教えてやったら、思った以上に食いつかれた。

六衣は男戦士の視線から逃れるように顔を逸《そ》らす。

「……褒《ほ》められてるはずなのに、なんか不快」

「婚活するんだろお前。本望だろ」

「ヤだ。タイプじゃないもん」

「厳しい……ッ。だがそれがいい！」

「やだほんとちょっと近寄らないでよっ！」

迫る男戦士から逃げる六衣。……なんかこいつ、本当に薄い本いっぱい出そう。

「遊んでる場合じゃないですよ。ほら降りる！」

「ちょっ、押すな押すな落ちるーっ！」

べちょっ、と地面に落とされる。なんでちょっと不機嫌になってるのチェリーさん。

俺の隣にすたっと着地すると、チェリーはすぐそこにある大きな黒い塊を見た。

「それですか？　フェンコールの身体の一部って」

「あっ。は、はい。そうです、はい」

チェリーに話しかけられた途端、男戦士が挙動不審になる。慣れていないと、チェリーと喋った男は高確率でこうなるのだ。美少女アバターなんて珍しくないのに、不思議だよなあ……。

オーラの違いなのかなあ……。あと、チェリー相手には喋りにくいからって、俺のほうにばっか文句言ってくるのはやめてほしいなあ……。

真っ黒な塊はかなり大きかった。一人で運ぶどころか、そもそも腕が回らない。

「六衣さん、運べそうですか？」

「うーん、たぶん」

「でもこれ、背中に乗せてもすぐ落ちそうだぞ。ごろっと」

「それは大丈夫。よいしょっと」

大狐の両目がキランと光ったかと思うと、黒い石炭の塊が浮き上がった。

「念動力じゃん！」

「それ使えば6人以上運べたじゃないですか！」

「そんな便利なものじゃないの！　わたしが本来持てる以上の重さは動かせないの！」

おのれ……それっぽい理由じゃねえか。

「あと、ごめん。これ使ってる間は空飛べない」

「楽すんなってことか……」

「上等ですよ。上の皆さんがフェンコールを惹きつけてくれてます。今のうちに！」

俺たちは六衣と一緒に崖道を駆け上る。一番低い位置にある横穴はそれほど遠くない。30秒とかからず辿《たど》り着ける——と、思っていたが。

崖道の前方に、黒い塊が落ちてきた。

それはゴゴンッと硬い音を立てて跳ねた後、バキベキと変形し、狼の形になる。

ネームタグがポップアップする。《フェンコール・ピース　Lv86》——普通の狼サイズになったミニ・フェンコールだ。それが４匹、俺たちの前に立ち塞《ふさ》がったのだ。

「簡単には行かせねえってわけかよ……！」

「瞬殺してください！　《オール・キャスト》！」

バフがかかるのと同時に、俺は弾かれたように駆け出した。

シャリン！　と音を立てて背中の鞘《さや》から魔剣フレードリクを抜き、

「第四ショートカット《キャスト・フォー》発動！」

《風鳴撃《ふうめいげき》》を発動する。

突進しながら刺突《しとつ》を放ち、先頭のフェンコール・ピースの額《ひたい》を貫《つらぬ》いた。

伴《ともな》って吹き抜けた風刃《ふうじん》が、その後ろにいた３匹ともども、漆黒の体軀を吹っ飛ばす。

ＨＰがそれぞれ、額を貫いた奴は４割、風刃を浴びた３匹は２割ほど減った。

チッ、ちょっと火力が足りねえか……！

「《チョウホウカ》ッ！」

後ろから詠唱《えいしょう》が聞こえた瞬間、俺は跳びずさる。入れ替わるようにして炎の波が走り、４匹の黒狼を呑み込んだ。ボボンッ、ボンッ！　と小爆発が連続し、ＨＰがさらに減る。１匹は

HPゼロになって消滅したが、残る3匹がまだ1割ほど残っている。

体勢を立て直す余裕は与えない。

粉塵《ふんじん》が風に散るよりも早く、俺は立ち上がろうとする狼たちに躍《おど》りかかった。

首元に一太刀《ひとたち》。——1匹目。

喉奥《のどおく》に刺突。——2匹目。

引き抜きざまに背後に一閃《いっせん》。——3匹目。

5秒とかからず、フェンコール・ピースは全滅した。

「時間食った！　行くぞ！」

「先輩の詰めが甘いからですよ！」

「いや、めっちゃ速いでしょ……」

男戦士が唖然としたように呟いた気がしたが、取り合っている暇がない。

再び細い崖道を駆け上りながら、俺はアバター・メニューのスキルカスタマイズ画面を開く。

また奴らの邪魔が入るとしたら、今のままじゃ効率が悪い。

ウインドウに指先を滑らせ、いま不要なスキルを外した。代わりに入れるのは、まず《居合い》。鞘から剣を抜いた直後、0・2秒間だけ飛躍的に攻撃力を高めるスキルだ。

それに《エンチャント（炎）》——通常攻撃に炎属性を付加するスキル。奴らの弱点属性が炎なのは、もはや間違いようのない事実だからな。

できればショートカットも弄《いじ》りたかったが、こっちはキーワードの設定までし直さないといけない。さすがに走りながらじゃ無理だ。

「横穴！　あそこです！」

チェリーが指差した先に、目指す横穴があった。

だがその手前にごろごろと石炭が落ちてきて、狼の姿を形作る。今度は3匹だ。

チェリーの表情がかすかに歪《ゆが》んだ。さっきの戦闘から十数秒しか経《た》っていない。炎属性範囲攻撃魔法《チョウホウカ》のクールタイムがまだ終わっていないのだ。

だが、俺は言う。

「いい！　撃てッ！」

「っはい！　《ダイホウカ》ッ！」

《チョウホウカ》に比べればひと回り小さい炎の波が奔《はし》った。

狙いは正確で、3匹すべてを範囲に収め、小爆発を起こして吹っ飛ばす。

しかし威力が不足している。減ったHPはせいぜい4割程度。

だったら、不足した分は俺が埋め合わせればいいだけのことだ――前から考えてた戦法を試させてもらう！

俺はぐんと加速して黒狼《こくろう》に肉迫しながら、左手側に装備メニューを出した。

そして、背中の鞘に納めた魔剣フレードリクの柄《つか》を握る。

——シャリン！

鋭く鞘走らせたそれを、そのまま1匹目のフェンコール・ピースの額に叩きつけた。

ギュアインッ！　という爽快《そうかい》な効果音。チリッと火花が爆ぜる音。

それらの後に、剣尖と石炭の肌の衝突点で爆発が起こった。

《居合い》によるダメージ補正に、《エンチャント》による弱点攻撃。さらにクリティカルで倍率ドン！

結果、ただの通常攻撃ながら、フェンコール・ピースのＨＰが消し飛んだ。

「——バウアッ‼」

近くの黒狼が怒りの声を放ったので、俺はバックステップで距離を取る。

もう一度《居合い》を使うには、剣を鞘に戻さなくちゃならない。

だがこの死戦の最中《さなか》において、それはあまりにも悠長だ——もっと手早く済む方法がある！

追いすがってくるフェンコール・ピースを見据えながら、俺は開いておいた装備メニューを左手の指で操った。

——武器装備解除。

右手に握った魔剣フレードリクが、背中の鞘と共に光になって消滅する。

直後、さらに左手を動かした。

——《魔剣フレードリク》を装備。

すると、背中に鞘が戻ってくる。

もちろん、剣が納まった状態で……！

再び魔剣を鞘走らせる。パッシブスキル《居合い》発動。０・２秒間のダメージ補正。

袈裟懸《けさが》けの斬撃が、黒狼の喉元に炸裂する。

――ギュアインッ！

クリティカル判定！　いいぞ、今日は当たる日だ！

すべての攻撃に《居合い》のダメージ補正を乗せる、名付けて無限抜刀《ばっとう》戦法――装備画面を見ずに素早く操作できるかがネックだったが、結構いけそうだ！

続けて襲いかかってきた３匹目も、装備着脱からの《居合い》クリティカルで処理した。

「よっしゃ！　片付いた……ぞ？」

振り返ると、チェリーと男戦士がそれぞれ妙な顔で俺を見ていた。

男戦士は引き攣《つ》ったような半笑いで、チェリーはなぜかジト目で俺を睨んでいる。

「俺は何も見なかった……そう、何も見なかったんだ……」

「アップデートで装備の着脱演出が長くなったら先輩のせいですからね」

「なんで責められるんだよ！」

とにかく、道は開けた。

念動力でフェンコールの欠片《かけら》を浮かせた六衣を伴い、横穴の中へ入る。

最奥《さいおう》には、やはりヒビの入った壁があった。亀裂から赤い溶岩が漏れ出している。

「よし。置いてください」

六衣がひび割れた壁の前にフェンコールの欠片を置くと、俺たちは少し距離を取る。

チェリーが聖杖エンマの先端をフェンコールの欠片に向けて、

「《ファラ》！」

ソフトボールくらいのサイズの小さな火球を射出した。

――ドオッウウンッ‼

火球が弾けた瞬間、予想以上の大爆発が起こり、ひび割れた壁が一瞬で吹っ飛ぶ。

そしてその奥から、眩《まぶ》しいくらいに真っ赤な溶岩が勢い良く溢れ出した！

「やべっ。逃げろ！」

そりゃそうだわ。

ここは狭い横穴。溶岩なんか流れてきたら、俺たちも巻き込まれるに決まってる！

溶岩に追いかけられながら、俺たちは必死に走り、横穴を飛び出した。

横穴の脇に退避した直後、俺の肩を掠《かす》めるようにして、溶岩が弾けんばかりに溢れ出る。

それは縦穴の崖を滝のように流れ落ちると、フェンコールの足元を瞬《また》く間に埋め尽くした。

数秒もすると、石炭でできた四本足が足首まで溶岩に沈む。

火力は充分のはずだ。《ファラゾーガ》の比じゃない！　……どうだ……⁉

――ボウッ。

音は、静かだった。

だが、起《お》こったことは劇的だ。

山にも伍《ご》するフェンコールの巨体が、あっという間に炎に包まれたのだ。

ゴオオウッ！　と熱風が荒れ狂い、俺たちは反射的に顔を守った。

全身に炎を纏《まと》う、山のような狼。

まるで神話の光景だった。

「すっげえ……」

思わず呟いた。そのくらい、それは壮絶な光景だった。

いや、見惚《みと》れてばかりいるな。俺はフェンコールのＨＰゲージを見る。３本すべて、ほぼ満タンだったそれは――

「……減ってる！　減ってるぞ！」

「成功ですっ！」

チェリーが小さくガッツポーズをした。

フェンコールの１本目のＨＰゲージ。無限にさえ思えたそれが、見る見るうちに減り続け
――程なくして、ゼロになる。

「――――アォオォオオオオオオオオオンン――――」

フェンコールが夜空に向かって、吠《ほ》えた。

巨体に似つかわしからぬ透明な響きが、星々の彼方《かなた》に消えていった。

殷々《いんいん》とした谺《こだま》が、夜闇に呑まれるようにして潰《つい》えた後――静寂《せいじゃく》は、暴力的に破られる。

バッゴンッッ‼　と。

石炭の巨体が、燃え上がったまま破裂した。

あちこちに四散する炎の塊。まるで火山弾だった。人間の一人や二人は簡単に押し潰せるそれが、次々と大穴の絶壁に突き刺さり――うち一つが、俺たちのほうにも飛んでくる。

俺とチェリーは咄嗟《とっさ》に地面に伏せた。だが、

「えっ？　ちょっ――」

男戦士の声が、ドゴウンッ‼　という衝撃音に消える。

恐る恐る顔を上げると、真っ黒な炭の塊が、横穴の入口を塞《ふさ》ぐようにしてめり込んでいた。

溶岩がすっかり堰《せ》き止められている……！

塞がった横穴のそばには、ふよふよと人魂《ひとだま》が浮かんでいた――男戦士の死体だった。巻き込まれて死んだのか？　直撃で一発アウトかよ……⁉

「あっ、そうだ。六衣は⁉」

「なんとか生きてるわ……」

　崖下から前足がひょっこり出てきたかと思うと、大きな狐が這い上がってきた。ギリギリで崖下に避難したんだな。よかった……！

『みんな平気⁉』『ああっくそっ！　やられたあーっ‼』『復活早く！』

　配信からの声を聞くに、崖上の面子にも大きな被害が出ているようだ。

　あの火山弾みたいな無差別攻撃は、たぶんこっちの攻撃が決まるたびに来るだろう。

　削ったHPゲージは1本。残ったHPゲージは2本。

　つまり、最低でもあと1回は、こうして味方に犠牲が出まくるってわけだ……！

「先輩！　フェンコールが！」

　チェリーに促《うなが》されて、フェンコールを見上げた。

　立ち込めた粉塵の中から、ちょうど漆黒の巨狼が姿を現す。

「……？　ちょっと……ちっさくなってる……？」

　そうか――燃え上がった体表を剥離《はくり》させて難を逃れたんだ。だから小さくなった。

　でもその割には、高さがあまり変わっていないように見える。不審に思って、フェンコールの足元を覗き込んだ。

「底が浅くなってないか……？」

「溶岩が冷えて固まったんですよ！」

なるほど、固まった溶岩で底上げされたのか……！

「……GRRRRRRRR……‼」

地獄の熾火《おきび》が弾けるような声で、フェンコールが低く唸った。

ダイヤモンドの双眸が怒りに燃えている。

何か来るか？　いや、来ないはずないよな……！

身構えた直後、

『うわっ！』『なんか出た！』

配信のほうが急に騒がしくなった。

見れば、画面の奥に、地面にめり込んだ真っ黒な柱のようなものが映っている。おそらくさっき撒《ま》き散らされたフェンコールの欠片だろう。

そこから、大量の黒狼──フェンコール・ピースが、続々と生み出されていた。

数は──数えきれない。地面を埋め尽くすような黒狼たちが、俊敏に駆けてプレイヤーたちに襲いかかっていく！

「……そう簡単にはクリアさせませんってわけかよ。燃えるじゃん」

「ええ。やっぱりエリアボスはこうじゃないと！」

「あなたたち、ちょっとおかしくない？」

狐の六衣が若干《じゃっかん》引いた声で言ったが、今更気にもならない。

おかしいのなんてわかってる。

でも、残念ながら――この世界は、おかしい奴らが集まる場所だ。

『ふふっふふふ‼　まだまだこれからだよ‼』

『できるだけ雑魚《ざこ》を処理しましょう！　ここまで来たら絶っ対撤退なんかしないっ‼』

パブリックビューイングで観客が沸いている。

コメント欄が壊れそうなくらいスクロールしている。

トレンドから『#ＭＡＯ』が消え去る気配はない。

好転してんだか悪化してんだかもよくわかんねえこの状況こそが、何よりも面白いんだ。

だから。

「俺たちも行くぞっ‼」

「無論ですよ！　六衣さんっ！」

「ああもうわかったわよっ！　二人とも、性格変わったみたい！」

俺たちは跳びはねるようにして六衣の背中に乗った。

……あ、その前に男戦士を復活させてやらないと。

男戦士を復活させてやったあと、俺たちは六衣に乗って、再び大穴の縁まで戻ってきた。

「フェンコールの足元にはもう石炭の塊は見当たりません。あるとすれば上です」

「六衣が運べる手頃な大きさの塊が必要だな。崖の横穴を塞いだやつはどれも大きすぎる」

今度は上から下へと運ぶ番だ。

大穴の周囲には、黒い狼がうじゃうじゃとひしめいている。フェンコールの身体の一部が変形した姿——フェンコール・ピースである。

「レベルはちょっと低めですね。あれなら落ち着きさえすれば大した脅威《きょうい》じゃありません」

「邪魔なのには変わりないけどな——っと！」

六衣が「きゃあっ！」と叫びながら、高空へと避難した。

その足の下を、炎のブレスが猛然と横切る。

そのブレス自体はこれまでにもあった攻撃パターンだ——セツナやろねりあたちも慣れたものので、余裕をもってそれを躱《かわ》した。

だが。

——ドウンッ！

——ドウンッ、ドウンッ、ドウンッ‼

炎のブレスに巻き込まれたフェンコール・ピースが、爆発する。

その爆発に近くの仲間が巻き込まれ、そいつがまた爆発して近くの仲間を爆発させ——

爆発の連鎖。

唖然とするほどの速度で広がるそれは、まるで絨毯《じゅうたん》爆撃だ。

炎のブレスの攻撃範囲が、実質的に広がってしまっている……！

「うっげえええ……!!」

「ガソリンをばらまかれたようなものじゃないですか！　こっちも迂闊《うかつ》に炎を使えません！」

プレイヤーたちの悲鳴が、連鎖する爆発音に呑まれていく。

フェンコールのブレスそのものに比べれば、ピースの連鎖爆発は威力が落ちるようだ。しかし、それでも充分だ。こちらの足並みを乱すのには、あまりにも。

ボス戦では陣形こそが生命線。戦線の崩壊は即全滅に繋《つな》がる！　爆弾代わりの石炭を運ぶ間、うまくフェンコールを惹きつけられるか……!?

「……っ先に雑魚だ！　奴らの出現《ポップ》を止めないと話にならん！」

「賛成です！　六衣さん、あの地面に突き刺さった黒い柱に飛んでください！」

「わかったっ！」

フェンコール・ピースを生み出しているのは、大穴を大きく取り囲むように突き刺さった、フェンコールの身体の欠片だ。エジプトのオベリスクみたいな柱状のそれから、黒い狼がひっきりなしに湧き出しているのだ。

上空を駆け、それに近付くと、ロックオンがかかってネームタグがポップアップする。

《フェンコール・ネスト　Lv110》――HPゲージがその下に出る。

「ＨＰが出た！　壊せるぞ、あれ！」

「とりあえず一発入れます！　《ファラゾーガ》‼」

放たれた火球がネストの側面に突き刺さり、本体と同様に大爆発が起こった。

ダメージは――ＨＰの２割ってとこか。結構減った！

「クールタイムが煩《わずら》わしいですね……！」

「俺も手伝う！　これを繰り返せば……！」

俺が珍しくスペルブックを出した瞬間だった。

別の《ファラゾーガ》が何発も飛来して、ネストに次々と突き刺さったのだ。

ＨＰが見る見る削られる。まさか、と思ったときには、ゲージは完全に消滅していた。

塔のように屹立《きつりつ》していた黒い塊が、紫の炎《エフェクト》に包まれて消滅する。

「つしゃああ‼」「見たかオイコラ‼」「おいしいとこばっか持っていかせるかあっ‼」

歓声だか怒声だかを迸《ほとばし》らせたのは、地上でフェンコール・ピースと戦っているプレイヤーの一部だった。チェリーがネストに《ファラゾーガ》をぶっ放したのを見て、やるべきことを瞬時に悟ったんだろう。さすが、数十万人にも上るＭＡＯのアクティブプレイヤーの中で最前線を張るだけのことはある……！

黒い狼の湧出が止まる。近辺での狼の密度が、明らかに薄くなった。

だが、まだだ――ざっと見回した限り、ネストはあと４つある……！

『向こうで狼の出現元が破壊された！　こっちでも壊すんだ‼』

『ウォーリア系の方、雑魚を引きつけてください！　ウィザード系の方を中心に攻撃を‼』

各所がネスト破壊に向けて動き始めた。

ネストの一つに《ファラゾーガ》が何発も突き刺さる。漆黒の塊が紅蓮の爆発に包まれ、崩れ去るうちに、それをやった奴らが狼の残党《ピース》を掃討しながら別のネストへと走っていくのが見えた。

「ネストの破壊は任せましょう！」

「ああ。俺たちはフェンコールの欠片を！」

上空から戦場を見渡すと、目的のものはすぐに見つかった。

ネストがあった場所に、真っ黒な塊がいくつも転がっていたのだ。さっき六衣に運ばせたのと同じくらいのサイズだった。ネストの残骸を使えってことか！

六衣をネストの跡地に降下させ、さっきと同じように念動力で持ち上げさせる。

「まったく、狐使いが荒いんだから！　あとで……ちゃっ、ちゃんとお礼、してよね⁉」

「わかったわかった」

「やったっ」

「なんで戦闘中にデレ度上げてるんですか、この淫獣《いんじゆう》！」

「インジュウってなに⁉」

嬉しいを通り越して身の危険を感じるチョロさ。部屋の戸締まりしっかりしとこ。

さあ、目指すは崖の横穴だ。

その奥にあるひび割れた壁を爆破して、溶岩をフェンコールの足元に流し込むのだ。

石炭の塊を持ち上げたことで飛べなくなった六衣と一緒に、大穴を目指して走る。

フェンコール・ピースの数はもはや疎《まば》らで、数えられるほどしかいない。レベルもさほど高くはなく、突破するのは容易だった。

だが、大穴の縁に差し掛かり、崖道を下り始めたところで、問題に気付く。

「……おい、道変わってないか……!?」

「あっ、しまった……！　フェンコールが撒き散らした、あの火山弾ですよ！　あれが通路を塞いだり壊したりして、道が全然変わっちゃってます！」

単純だったはずの道が、気付かないうちに迷路に様変わりしている……！

「えーっと……こっちはあそこで行き止まりか。あっちは……ああもうわからんっ‼」

「スムーズに運ぶにはナビが必要ですよ。でも、それができるのは――」

「……空を飛べる六衣だけか。じゃあ、この欠片は誰かに人力で運ばせて――いや待て、だったらいっそ人海戦術でごり押ししたほうが早くね？」

「またいい加減な……と言いたいところですけど、一理ありますね」

幸い、欠片はいくつも転がっていた。

何パーティかが行き止まりで足止めを喰っても、誰かが正解のルートに辿り着けば問題ない。

「とりあえず俺たちは勘で動こう！」

「セツナさんとろねりあさんに方針を提案したいところですが、できるかどうか……」

向こうはネストを潰すために大量のピースと戦っている最中。直接言いに行くのも危険だし、配信のコメントも読めるかどうか。ともあれ、立ち止まっている暇はない！

適当に当たりをつけて、細い崖道を駆け下り始め――

「おおーい‼　二人とも、ストップストップ‼」

――ようとした、そのとき。当のセツナがマントを靡《なび》かせながら追いかけてきた。

どうした？　何の用だ？

セツナは六衣が念動力で浮かせている石炭の塊を指差して、

「君たちは上に戻ってくれ！　横穴には他のみんなに向かってもらってる！」

「ん？」「はい？」

「リスナーから提案があったんだ！　横穴の前に先に何人か待機させておいて、欠片は上から落とせばいいんじゃないかって！」

「「――あっ‼」」

なーぜーそーれーをーおーもーいーつかなかったああああっ‼

下から持って上がるのを先に経験していたから、完全に思考が硬直していた……‼

俺もチェリーも悔しさで悶絶《もんぜつ》したが、足を止めている時間はない。
大穴をぐるりと4分の1ほど回ったところで、踊り子風の女性が手を振っていた。
「ここです！　ここから落としてください！」
「おーい！」「こっち！」「こっちでーす‼」
覗き込むと、10メートルくらい下にある横穴の前に4人のプレイヤーがいる。
六衣に言って、そこに欠片を落としてもらった。
4人は「いっせーの！」と声を合わせてそれを持ち上げ、横穴の中へと入っていった。
少しの間の後、ドオウンッ‼　という爆発音が響き渡る。
4人が横穴から飛び出してきて、溶岩がドバッと流れ出た。
溶岩は大穴を滝のように流れ落ち、フェンコールの足元を浸《ひた》していく。
そして――再び、巨軀が炎上した。
2本目のHPゲージが、見る見るうちに減少していく。
『ストップ！　ストップストップ！　爆破いったんストップ！　今たぶん判定ない！』
『聞こえてますか⁉　演出が終わったら合図するので、それから！』
2本目のHPゲージが、完全に消滅した。
「――――アォォオオオオオオンン――――」
フェンコールが夜空に向けて吠える。

同じだ。見覚えのある流れだ！

『注意ッ‼』

セツナ配信から警告が飛んだ直後、フェンコールの身体が破裂した。

俺はチェリーの肩を強く抱き寄せる。

「ふぇっ？」

火山弾のように撒き散らされた炎の塊が、こちらにも降り注いでくる。

その軌道を瞬時に予測——直撃コースが一つ！

「六衣っ‼」

六衣に注意を促しつつ、チェリーの身体を腕に抱いたまま、全力で地面を蹴る。

直前までいた場所に、燃え盛る石炭の塊が突き刺さった。砕ける地面。弾ける衝撃。俺はチェリーごとそれらに薙《な》ぎ倒されて、固い地面を転がされる。

改めて見るとやっべえ……。ダメージとか関係なしに、普通にビビる。

「いや、あの、先輩？」

戦慄《せんりつ》していると、胸の辺りから声が聞こえた。

「いつまで抱き締めてるつもりでしょうか……」

「ん？　おう、ごめん」

「軽くありません⁉　私、結構ドキッとしちゃったんですけど！」

「え？　そうなの？」

「……今のは、記憶から消しておいてください」

チェリーは目を逸らしながら口を押さえた。

とりあえずチェリーの身体を放しながら、

「っていうか、俺のほうがSTRもAGIも高いんだから当然だろ？」

「ううっ……わかってますけど、ビックリするので控えてください！　……いやでも、やっぱりたまには……！」

「落ち着け！　テンションの上がりすぎで混乱してるぞ！」

深夜かつボス戦ともなると、多少変なことも口走ってしまうのだ。

『演出終わった！　――発破《はっぱ》！』

無駄話をしているうちに、ドオウンッ‼　という衝撃が再び轟いた。

これでトドメだ。反撃も許さずに終わらせる！

まだ粉塵も晴れないうちに、さらなる溶岩が流し込まれた。

HPゲージは残り1本だ。今までのダメージを見るに、これで――

「あ？」

「フェンコールは……？」

俺たちは一瞬、呆気《あっけ》に取られる。

粉塵の中に、フェンコールのネームタグとＨＰゲージが見えない。

見逃しようもない巨体の影も、まるで手品みたいに消えている。

溶岩が流し込まれて少し経ったが――今までのような大爆発は起こらない。

フェンコールは、どこに行った……？

俺たちは崖際《がけぎわ》に寄って、大穴の底を覗き込んだ。

円形の底には、横穴から溢れた溶岩が流れ落ち続けている。その溶岩が外縁に溜まり、川のように流れる一方、中央部は黒く冷えて固まって、島のようになっていた。

その島の、中心。

粉塵の中に、影がある。

狼の形をした、影が――

「小さい……!?」

さっき破裂したときも小さくなっていたが、今度は特段だった。サイズは、せいぜいトラック程度か。山に肩を並べるくらいだった最初に比べれば、あまりにも小さい。

そいつは、俺たちを見上げていた。

まるで、誘《いど》うように。

まるで、挑むように。

黒く冷えた溶岩の真ん中で、行儀よくお座りをして――

《神造炭成獣フェンコール　Lv127》。

ネームタグの下に残ったHPゲージはちょうど1本。

状況のすべてが語っていた。

——ここでケリをつけよう、と。

「六衣は、ここで待ってろ」

言い置いて、俺たちは崖道を下っていく。

底の外縁は溶岩の川。ひとたび足を踏み入れれば、勝つか死ぬかしか結末はない。

つまり——最高の戦場だ。

配信のコメント欄の速度は緩《ゆる》やかだった。

パブリックビューイングにも静寂が漂っている。

だが、これが嵐の前の静けさであることを、きっと誰もが承知していた。

「先輩」

「ん？」

「私は、強いですよ」

唐突な宣言に、しかし俺は、チェリーの顔を見返すこともしなかった。

「知ってるよ、そんなこと」

崖道からフェンコールを見下ろして、俺は無二のパートナーに拳《こぶし》を差し伸べる。

「背中は任せる」

「ええ。先輩が死なない限りはですけど」

減らない口と一緒に、拳に拳が当てられた。


冷え固まった溶岩の島。その中心に座したフェンコールを、20人ほどに数を減らしたプレイヤーたちが、崖道の各所から見据えている。

彼らは一様に、自分の武器を握っていた。

あるいは剣。

あるいは斧《おの》。

あるいは槍《やり》。

あるいは杖《つえ》。

準備を万端に整えて、待っているのだ——開戦の火蓋《ひぶた》が切られる、そのときを。

「——カウントダウンを任されたセツナです！　皆さん、聞こえていますか？」

セツナが声を張り上げると、プレイヤーたちは手を挙げたり腕で丸を作ったり、めいめいの方法で返事をした。

「忘れないようにバフをかけてください！」

チェリーが《オール・キャスト》と唱えて身体が光り、バフがかかる。崖の各所で同じような光が連続した。

「では、5秒後に突入します！」

肯《うなず》きを返す。

「5。4。3。2。1――‼」

ゼロ、と聞こえた瞬間、

「第二ショートカット《キャスト・カット》発動！」

俺は《縮地《しゅくち》》を発動した。

飛躍的に強化されたAGIにより、崖道からロケットのように飛び出す。フェンコールまで、およそ20メートル。その間、着地はたったの1回。一呼吸のうちに、トラック程度のサイズまで縮小した黒狼に肉薄する。

そして背から魔剣フレードリクを抜き放ち、唱えた。

「第五ショートカット《キャスト・ファイブ》発動！」

炎属性高位体技魔法――《龍焔業破《りゅうえんごうは》》！

フレードリクの刃《やいば》から迸《ほとばし》った炎が、龍のような形になってフェンコールに喰らいつく。

俺のMPの3分の1を一気に注ぎ込んだ大威力に、言わずもがなの弱点属性――さらに《居合い》によるダメージ補正が乗った。

「——GUOOォォOOOOOOOOンンッ‼」

弾けたものが二つある。フェンコールの悲鳴と、そして体表である。

バグァンッ！　という爆発音と共に、1本きりのHPゲージが5パーセントほど削れた。

「あぁっ⁉　ずるい‼」「リア充野郎に先を越させるなぁーっ‼」

数秒遅れて、冷えた溶岩に降りた他の連中が全方位から押し寄せる。お前らが遅いんだよ！

だが、ファーストアタックにも代償はあった。

フェンコールのダイヤモンドの目が、間近にいる俺に向いたのだ。

「——GAAゥOOOォッ‼」

トラックほどもある巨体が猛然と飛びかかってくる。

防ぐ？　いなす？　迷う余裕はなかった。俺は横に転がって避ける。

あのサイズでなんてスピードだ！　目で追いきれるかも怪しい。さっきまでのデカい図体の
フェンコールとはまったくの別物……！

攻撃直後のフェンコールに、《ファラゾーガ》が数発放たれる。最初の2発は当たったが、
残りは俊敏な横っ飛びで避けられた。

被ダメージ後の仰け反り《ノックバック》が少ない。しかも賢い。攻撃をきちんと識別して避けている。こいつは……まともにやるとどれだけかかるかわかんねえぞ？

「先輩！　ダウンさせますよ！」

得たわずかな情報をもとに、追いついてきたチェリーが即座に対応を告げる。

「わかってる。いろいろ試すから頼む！」

「はい！」

俺が走り出してから少しだけ待ち、チェリーは《ファラゾーガ》を放った。

フェンコールは地面を蹴って回避したが、しかしそれこそがチェリー、そして俺の狙いだ。

フェンコールが飛びのいた方向に、俺が回り込んでいた。

「第三《キャスト》・ショートカット《スリー》発動！」

《焔昇斬》で顎《あご》を叩き上げる。ボウンッ！　と爆発が起こり、「GAゥッ！」とフェンコールが悲鳴を上げた。顎への攻撃なら多少はこたえるだろ……！

ダイヤモンドの双眸がぎろりと俺を見た。

漆黒の巨狼が一歩分バックステップしたと思うと、間髪《かんはつ》入れずに前足を振るってくる。

「うげっ」

襲い来る鋭い爪が、《受け流し》でスローになった。俺はまだ《焔昇斬》の技後硬直中。《風鳴撃》で硬直をキャンセルすることもできるが――

――いや、ここは受ける！

フェンコールの巨大な爪に薙ぎ払われる。ほんの少し身をよじって傷を浅くするが、悪足搔《わるあが》きみたいなものだ。俺はもんどり打ち、水切りの石のように地面を跳ねた。

転がりながら一瞬だけ目を閉じて、簡易メニューでＨＰを確認した。

４割持っていかれたか……！　衝撃を受け流すことができなければ確定２発で死ぬだろう。バフがしっかり付いていてこれなんだから、半端《はんぱ》な攻撃力じゃない。

「もう！　何やってるんですか先輩！　避けられたでしょう今の！」

「《風鳴撃》をクールタイムにしたくなかったんだよ！　いざというときのために残しておきたいだろ！」

言い返しながら、腰のポーチから小瓶《ポーション》を引っ張り出して一気に呷《あお》る。そういや、せっかく買い込んだのに、今日これが１本目だ。

「ぷはっ！　……やっぱりダメだ。ただの攻撃じゃダウンしそうにない。顎にかましたのに速攻反撃してきやがった」

別のプレイヤーに狙いを移し、嵐のように爪や牙を振るうフェンコールを見やる。

チェリーも同じようにしながら、

「たぶん弱点がありますね。身体のどこかに」

「目星は付いてる。十中八九アレだろ、ゴブリン・リーダーが最初にカチ割った黒曜石」

配信越しに見た光景だ。ナイン坑道の奥に追い詰めたマウンテンゴブリン・リーダーが、斧で黒曜石を叩き割ったことで、この神造兵器は目覚めた。

あの演出にも、きっと意味があるはずだ。

「石炭の身体に黒曜石の弱点？　……黒に黒で見えづらすぎですね」

「だったらどうする？」

「炙り出します」

「考えることは同じだな」

俺はにやりと笑う。チェリーも同じように笑う。

こういうとき、説明の手間が省けて助かる。

「任せてください。挙動はだいたい摑みました」

「わかった。トドメは任せろ」

軽く拳をぶつけ合い、俺たちは散開した。

フェンコールは槍使いたちに取り囲まれ、穂先をガンガンとぶつけられている。《エンチャント》によるものだろう、穂先からは火花が走り、小爆発がフェンコールの石炭の身体を覆っているが、ダメージは大したものじゃない。

「――GAaアアッ‼」

フェンコールが鬱陶《うっとう》しげに吠えながら、自分の尻尾《しっぽ》を追うようにグルンッと回転し、まとわりついた槍使いたちを吹き飛ばす。

そのうちの一人が、外縁を濠《ほり》のように流れている溶岩の川に落ちた。ジュワアッと音がしたかと思うと、ＨＰを消滅させて人魂になる。ちゃんと後ろ確認しとけよ……！

だが、好都合だった。――フェンコールが、その溶岩のすぐそばにいる。

今だ。

そう思ったのと同じタイミングで、無数の火球が怒濤《どとう》のごとくフェンコールを襲った。

それはまるでマシンガン。下級炎属性攻撃魔法《ファラ》の連射、連射、連射――‼

チェリーが舞っていた。

ローブの袖《そで》を翼のように翻《ひるがえ》して。

その周囲に火球が現れては、次々とフェンコールに殺到しているのだ。

ジェスチャー・ショートカットによる連射だった。下級魔法は熟練度が上がるとクールタイムがほとんど無きに等しくなる。だから、発動のキーとなるジェスチャーを続けている限り、MPがゼロになるまで放ち続けることができるのだ。俗に《ダンシング・マシンガン》と呼ばれる、チェリー発祥《はっしょう》のDPSテクニックだった。

一発一発の威力は弱い。

しかし、無数に放たれる火球は、そのすべてがフェンコールの体表で爆発を起こす――いくらノックバックが少ないといえど、それがこうも大量に襲えばどうなるか。

無数の小爆発によって、フェンコールの四肢がじりじりと後ろに滑った。

もう少し時間があれば、フェンコールはノックバックの連鎖から逃れることができただろう。

いわゆる無限ハメ対策で、ノックバックは連続するほど短くなる仕様なのだ。

しかし、その時間は与えられなかった。

ずるり、と。

フェンコールの後ろ足が、溶岩の川の中に滑り落ちたからだ。

「ッッッ‼」

ぼちゃんっ、と溶岩に沈んだのは、左の後ろ足一本きり。

だが、それが致命傷だった。

石炭でできたフェンコールの身体は、たったそれだけで一気に炎上する……！

「ウゥウ……ッ‼」

今度は、燃えた体表が剥離することはなかった。フェンコールは炎に包まれたまま、怒りの視線で俺たちを刺す。ＨＰにも変化はなかった。しかし――

「――あった……！　背中の左側！」

一部分だけ、燃えていない箇所があった。

そう。石炭は黒く、黒曜石も黒い。

ただし――石炭は燃えるが、黒曜石は燃えない！

俺は素早くフェンコールの左側に回り込む。炙り出された黒曜石を間合いに捉《とら》える。どの程度のダメージが必要なのかはわからない――なら、大は小を兼ねるッ！

「第四ショートカット《キャスト・フォー》発動！」

《風鳴撃》。風刃《ふうじん》と共に身体が急速に押し出される。

フェンコールの背中――炎の中にぽっかりと空いた、ブラックホールのような空白。

そこに、魔剣フレードリクの切っ先を、正確に叩き込んだ。

――パキン、と軽い音が鳴った。

「GAAァAAAAAAゥUUUゥゥッ‼」

フェンコールの絶叫。そして悶絶。巨体が黒い地面にひっくり返る。

それと同時に、全身を覆っていた炎が鎮《しず》まった。

あとに残ったのは、無防備に横たわった怪物が一匹。

「チャンスだあああああああッ‼」

あらん限りに叫び、

「「「「おおおッッッ‼‼‼」」」」

あらん限りの鬨《とき》が返った。

魔法使《ウィザード》いたちの詠唱が重なり、大量の《ファラゾーガ》が殺到する。

遅れて群がった戦士《ウォーリア》たちが、それぞれの得物《えもの》から炎を迸らせる。

ありったけの炎が黒狼に叩き込まれ、紅蓮の爆発が聴覚を麻痺《まひ》させるほど連続した。

「GAァAAAAAAAAAAAAAUUゥッツ――――‼」

爆発音を引き裂くように、咆哮が耳をつんざく。

悲鳴を重ならせながら、群がったプレイヤーたちがまとめて吹っ飛ばされた。

――黒い巨狼が、立ち上がっている。

ＨＰはもう半分もなかった。もう一度同じことを繰り返せば、きっとおしまいだ。

だが、その立ち姿は、今まで以上の覇気《はき》を感じさせた。

「――――アォオォオオオオオオオオオオオオオンン――――」

澄み切った遠吠えを、夜の空へと響かせる。

かつてコイツを生み出した魔神は、夜空に放逐《ほうちく》されて月になったという。

ならばその遠吠えは、主《あるじ》へ向けたメッセージなのか。

自分の忠誠は、まだ些《いささ》かも衰《おとろ》えてはいない、と――そう宣言しているのか。

――ジャギン!!

唐突に響いた鋭利な音は、フェンコールの身体の変形によるものだった。

爪が伸び、牙が伸び、そして体表がトゲトゲに逆立って、全身ハリネズミのようになる。

あの輝きは――まさか、黒曜石？

「先輩っ！　黒曜石は昔、刃物としてよく使われていたんです！」

「そういうことか……！」

単純な攻撃力の増強だ。あの巨体のどこに当たっても、鋭利な黒曜石が無差別に傷付ける

──神造兵器としての、本来の姿！

「弱点の黒曜石は別にあるはずだ！　やることは変わらねえ！」

「わかってます！」

全身凶器と化したフェンコールが、こっちに向かって一直線に動き出した。

俺たちは左右に散開する。

すぐそばをフェンコールの巨体が疾風と共に駆け抜け、

「いッ……!?」

片腕からダメージエフェクトの赤い光が舞った。

当たったわけじゃない。掠《かす》ったわけでもない。突進が生み出し、刃が斬り裂いた風に少し触れただけ！　ダメージ判定が周囲の空気にまで付いている……!?

フェンコールがプレイヤーたちの間を駆け巡る。あちこちから次々にダメージエフェクトが瞬《また》いて、プレイヤーたちが悲鳴を上げて倒れ込んだ。

まるで戦車──歩兵を蹴散らすチャリオットだ。

もはや、わざわざ立ち止まって爪や牙を振るうまでもない。ただ通り過ぎるだけでいいのだ。

それだけのことが充分な攻撃になる……！

一人、また一人とHPを失い、戦場に人魂が増えていく。

それを復活させようとしたプレイヤーもまた、漆黒の巨体に一瞬で轢《ひ》き殺される。

フェンコールは止まらなかった。止め処《ど》なく走り続けた。

チェリーが再び《ファラ》を連射したが、当たるのは1発や2発がせいぜいだ。

あんなに動き回られちゃ、溶岩になんか落とせやしない！

「足を……足を止めるんだ！　ダメージを恐れるなっ‼」

これは誰の声だ、おそらくセツナか。その声に背中を押され、５人ほどの男たちが雄叫《おたけ》びを上げて突っ込んでいく。

足並みがわずかに乱れていた――それが隙だった。

先頭の１人が弾き飛ばされる。２人目が薙ぎ払われて溶岩に沈む。

残り３人は、いずれも大柄なアバターだった。大槌《おおづち》と大斧、そして大剣を手にした、重量級の戦士たちだ。彼らが一斉に、それぞれの得物をフェンコールの顔面に叩きつける。

それでも、フェンコールは止まらなかった。

しかし、男たちも屈さなかった。

得物をフェンコールの顔に押しつけ、その場に押さえ込もうとする。力比べだった。ずるずる、じりじり、ざりざりと男たちの足が後ろに押し込まれていったが、その速度は、時間を追うごとに、少しずつ、緩まっていき――

――10メートルほども押し込まれた辺りで、ついに止まった。

号令は不要だった。

誰からともなく、《ファラ》による集中砲火が始まる。

まさしく弾幕だった。隙間のない火球の嵐だ。あまりの火球の量にリーニーの処理能力が軋みを上げ、アバターの動作がほんの少し鈍《にぶ》くなったほどだ。

爆発音で耳が満ちる。フェンコールの黒い巨体は、もはや炎に包まれて見えやしない。

だが――少しずつ。

ほんの少しずつ……外縁の溶岩に、近付いている。

これほどの集中攻撃、抵抗なんてできはしない。懸念《けねん》すべきはただひとつ、ハメ技防止用の仕様で連続ノックバックが終わってしまうことだけ。だから、その前に――！

「――行けええええッ‼」

ドヴォンッ、という音がした。

それは――漆黒の巨体が、溶岩に落ちる音だった。

今度は片足だけではなく、全身丸ごと。フェンコールは再び全身を炎上させる。

よォしッ！　これで弱点の黒曜石が炙り出され――

「――GAァAOォOOウッ‼」

上げかけた快哉《かいさい》を、振り払うかのように。

炎上したままのフェンコールが、溶岩の中を走った。

粘ついた溶岩を激しく押しのけながら、壁際をぐるりと一周する。そして、その勢いのまま

──崖を斜めに駆け上がった。

「かっ……壁を走った⁉」

驚いている暇はなかった。フェンコールは壁を一周したのち、強く跳躍する。

中心へ。

冷え固まった溶岩の島の、直上へ。

「GAァAAAAAAAアァァァ────────ッッ‼」

咆哮と共に吐き出したのは、紅蓮の火炎だ。

上空から地上へ吹き下ろしたそれは、まず外縁を襲い、それからぐるぐると渦を描くように
して中心へ──

「ぐうっ……！」

俺は咄嗟に判断した。

渦を描くように迫る炎を避けるため、内側にではなく外側に逃げた。

内側に逃げたらダメだ！　それじゃ、たとえ炎をやり過ごしたとしても──！

渦を描いた炎のブレスに、何人ものプレイヤーが巻き込まれる。

でも、即死するほどじゃなかった。ポーションで回復すればいい。その程度のダメージに過
ぎない──炎に関して言うならば。

「上だ！　逃げろおッ‼」

内側に逃げたプレイヤーたちは、自然と島の中心に集まってしまっていた。

それこそが致命的。

だって――そいつらの顔は今まさに、フェンコールの影に沈んでいるのだから！

落ちてきたフェンコールに、その全員が踏み潰された。

普通なら簡単に躱せる攻撃だった。だが、渦巻く炎という初見の攻撃に気を取られたせいで、頭の中から抜け落ちてしまった……！

冷え固まった黒い地面の中央に、全身を燃え上がらせたフェンコールが君臨する。

気付けば、味方はもう10人もいなかった。

他の20人以上は、全員が人魂となってそこかしこに浮かんでいる。

復活させることは可能だ。アイテムには余裕がある。だが、そんな隙を見せれば、あっという間に轢き殺されることは間違いなかった。

もう、このまま最後まで行くしかない。

俺は生き残りを確認した。チェリーは当然生き残っている。さすがというべきか、セツナも生きている。ろねりあも生き残っていたが、仲間の女子は1人だけになっていた。前衛職と後衛職の割合は半々といったところか。

フェンコールの弱点の黒曜石は、額にあった。そこだけが炎に包まれていない。

さっきのように動き回られても、あそこに一撃当てるくらいなら――

「……ふう──」

仮想の息を、細く長く吐く。

右手に握った魔剣の柄に、さらに力を込めた。

使おう。

そう決めて、心の中で問いかける。記憶の中の姿に、魔剣の中の記憶に──また、力を貸してくれるか、と。

「第一《ワン》ショートカット《キャスト》・発動」

唱えた瞬間、まだ半分以上残っていた俺のMPが、一瞬にしてゼロになった。

ピキン、と音が鳴って、俺の身体が一瞬輝く。

続いて、魔剣フレードリクの刀身が変色した。

血のような、炎のような──眩しいばかりの真紅《しんく》に。

パブリックビューイングを映した配信から、わっと歓声が上がる。

これが、俺の切り札。

実に86400秒ものクールタイムを設定された、規格外の魔法。

オープンβ《ベータ》テスト限定ユニークウエポン《魔剣フレードリク》の所有者だけが使える力。

そして……俺にとって、初めて親友と呼べた男の、人生そのものを体現する魔法。

――《魔剣再演《リ＝フレードリク》》。

俺の《魔法流派》が切り替わる。

《我流》から、かつてとある冒険者が名乗った流派――《フレードリク流》へと。

「来いよワン公」

真紅に染まった魔剣を突きつけ、俺はフェンコールに告げる。

「魔神サマの代わりに、お前を寝かしつけてやる」

グルル、とフェンコールは低く唸った。

そして――俺とは見当違いの方向に駆け出す。

「おおい⁉」

紅蓮に燃え上がった巨狼が向かう先には、魔法職が何人か集まっていた。

さっき《ファラ》の集中砲火を浴びせた彼らに、ヘイトが向いているのか！

その中には当然、チェリーの姿もあった。

「チッ……」

別に、ここでは見捨てて、あとで復活させたっていい。

でも、……俺の脳裏には、弱々しく泣いたあいつの肩を抱き締めた記憶がある。

だから。

そいつのそばに俺がいないことは――俺のそばにそいつがいないことは。

――有り得ないんだよ、フェンコールッ‼

フォン、と風が鳴った。

飽くまで、静かに。真のスピードは、衝撃なんて無様なものは残さない。

《魔剣再演》の効果――発動中、ＡＧＩに２倍もの補正を与える！

俺はフェンコールより遥かに早くチェリーのそばに辿り着く。

「先輩――！」

「余波で死ぬなよッ！」

炎を纏ったフェンコールが猛然と目前に迫った。背中にチェリーを庇《かば》いながら、俺はその威容を正面から待ち構える。

――いつまでも気持ちよく走ってんじゃねえぞ。

《魔剣再演》の発動により、俺の《流派》が切り替わった。それによって、ショートカットの中身もすべて入れ替わった――《魔剣再演》発動中にのみ使える、専用の体技魔法に。

「――《第五魔剣・赤槌《セキツイ》》！」

刀身がさらに目映《まばゆ》く輝き、俺の背後に陽炎《かげろう》が揺らめいた。

その陽炎は、おぼろげながらも、男の形をしていた。

《魔剣》とは即《すなわ》ち、剣に刻まれた技の記憶。

《再演》とは即ち、その技の時を越えた復活。
前の時代から、次の時代へ――魔法によって受け継がれてきた歴史そのもの。
冒険者フレードリク――その名をひとたび、世界の内に取り戻す。
緋《ひ》色の刀身を真紅のオーラが覆い、巨大な破城槌《はじょうつい》の形を取る。
アイツは、剣を型に嵌《は》めなかった。時に剣で料理をし、時に剣で城を破ってみせた。
万夫不当《ばんぷふとう》にして自由奔放《ほんぽう》。
天下無双にして千変万化《せんぺんばんか》。
思い出せ。それが万能剣術《フレードリク流》――――!!
「おぉおぉおおおおおおおおおおおおおおおおおおおおッッッ!!!!」
俺は気勢を上げながら、真紅のオーラが模《かたど》った破城槌でフェンコールを迎え撃った。
衝撃が轟然と弾ける。
冷え固まった黒い地面が揺れる。
柄を握った両手がビリビリと震えたが、俺の足は決して、後ろに滑ることはなかった。
「――GAアウッ!!」
後退《あとじさ》ったのはフェンコールのほうだった。
巨体の重量、速度、衝撃――すべてを正面から受け止めて、なおも《赤槌》が勝ったのだ。
だが、弱点にはまだ届いていない。額の黒曜石は健在だ。

逃がさない――一気に仕留める！

「――《第三魔剣・朱砲《シュホウ》》！」

緋色の剣尖から、真紅のオーラが砲弾となって飛んだ。

それはノックバックでふらつくフェンコールの額に正確に命中し――

パキン、と弱点たる黒曜石を割り砕く。

「――GAAAァAAAゥウウゥゥッ‼」

フェンコールの巨体がひっくり返る。黒い地面に力なく横たわる。

全身を覆った炎が――瞬く間に、鎮火する。

待たせたな――お望みのアタックチャンスだぜッ、お前らぁ‼

「「「おぉおぉおおおッッッ‼」」」

持てる限りの魔法が突き刺さり、めいめいの武器が叩きつけられた。俺もまた距離を詰め、緋色に染まったままの魔剣でフェンコールを叩いた。

HPゲージが見る見る減っていく。

残り4割……3割……2割……。

1割。

あと少しだった。

本当にあと少しだった。

だが、こういうときに限って、ゲームの神様は悪戯《いたずら》をする。


フェンコールが、口を開いた。


「GOァAAAAAAAAAAAAAAAAAAAAAAAAッ!!!!」

視界を炎が埋め尽くした。

爆風が全身を叩いた。

視界の天地が逆になり、両手両足が虚空《こくう》を搔く。

気付いたときには、高く空に打ち上げられていた。

地面を見上げる、という奇妙な動作で、俺は見る。

紅蓮の炎の中、ぎらりと純白に輝いて俺を睨む、ダイヤモンドの双眸を。

至近距離からブレスを受けたことで、俺のHPは風前の灯火《ともしび》だ。他の連中にしたところで同じだろう。数秒後、地面に落下したとき、そこにはフェンコールによる一方的な蹂躙《じゅうりん》が待っている。そして足もつかない空中では、俺たちは剣を振るうことすらできない。

そう——足もつかない、空中ではな。

ああっ、という悲鳴が、どこかから零《こぼ》れた。

それはパブリックビューイングの観客からだろうか。それとも隣で拳を握り締めているウェルダからだろうか。その正確なところは、今となっては覚えていない。

一方のわたしは、心の奥で納得していた。

なるほど――この二人には、もはや名前など不要なのだ、と。

相棒。相方。仲間。友達。カップル。そんな有り触れた名前を必要とするほど、この二人は脆《もろ》くはないのだ、と。

なぜなら、悲鳴がすぐに途切れたからだ。

多くの者が気が付いた。配信の主役である配信者にではない。その画面の端に映り込んだ、脇役であるはずの少女。彼女が桜色の髪と紅白色のローブを翻し、大きな枝のような杖を空に掲《かか》げていることに、多くの者が気が付いたのだ。

直後、唱えられる魔法の名を、わたしとウェルダは知っていた。

『――《エアーギ》!!』

◆

◆

炎の中を飛来した空気の刃《やいば》が、俺の足裏を捉える。

束《つか》の間《ま》、それが即席の足場となって、舞い上げられた俺を宙で支えた。

ああ――わかってたよ、来るってな。

他の誰でもないお前なら、必ず最後の詰めを用意してくれるって。

悪いな、フェンコール。

俺たちは、一人じゃなくて二人なんだ――!!


「――《第一魔剣・緋剣《ヒケン》》……!!」


瞬間、世界のすべてが凍りついた。

否《いな》――凍ったのは世界じゃない。

時間だ。

《受け流し》スキルでも発生する、主観時間感覚の加速。

その最上級――時間停止。

《フレードリク流》の最強剣技《緋剣》は、目にも留まらぬ連続斬撃だ。それをこの魔剣は、時間を停めることで再現する……!

炎の向こうから俺を睨むフェンコール——そいつが動き出すのは、俺の主観時間で5秒後。

たった5秒、されど5秒——世界のすべてが俺のものになる。

——さあて、今日は何発いけるかな？

俺は静止した《エアーギ》を蹴り、炎のブレスを潜《くぐ》って、再びフェンコールに肉迫する。

そして。


——ズザザザザザザザザザザザザザザザザザザザザグンッッッ!!!!


世界が動き出したとき、50以上の斬撃が一挙に炸裂した。

ダメージエフェクトの赤い光が、まるで花火のように盛大に舞う。

「——GAAァAAAゥUUゥゥAAAAAAAAAAAAAAAッ!!」

フェンコールが飛び跳ねながら暴れ出した。

時間が動き出したことで《緋剣》発動前の位置に戻ってきた俺は、吹っ飛ばされた他のプレイヤーたちと一緒に冷えた溶岩に着地し、その様子を見守る。

これは、攻撃じゃない。

これは、抵抗でもない。

だって、フェンコールのＨＰは……すでに、１ミリも、残っていないんだから。

じたばたと跳びはね、暴れ回り、誰もいない虚空に向かって爪や牙を振るうそれは、すでにただの、断末魔《だんまつま》だった。

「GAAァAAAAAAAゥッ‼　GRAaァAAAAAAAァァ……――――」

駄々っ子みたいな苦悶の咆哮は、徐々に潰《つい》え。

伴って動きも鈍くなっていき……最後には、行儀よくその場にお座りをした。

「――――アォオォオオオオオオオオオオンン――――」

澄み切った遠吠えが、空高く響き渡る。

主たる子月《まじん》が浮かぶ、夜空に……。

漆黒の巨軀が、燃え上がった。

その炎は、まるで鮮血のような赤さ。

その姿は、まるで焦《こ》げ跡のような黒さ。

誇り高き狼の輪郭《りんかく》が、しかし見る見るうちに崩れてゆく。

黒煙が、星空に立ち上った。

まるで還《かえ》るかのように――夜空の中央に輝く、二つの月に向かって。

紅蓮の炎が消え去ったあと、冷えた溶岩の地面には、二つのものだけが残っていた。

そう——巨狼の眼窩《がんか》に嵌《は》まっていた、2個の白いダイヤだけが……。

「……はあっ……はあっ……」

「はあっ……」

「はああああっ……！」

アバターに肉体的疲労があるわけがない。

それでも、静寂の中を荒い息だけが満たす。

その沈黙こそ。

その空白こそ。

勝利を噛み締めるために、必要なものだった。

俺は——ゆっくりと、右手に握った魔剣フレードリクを、夜空に向かって突き上げる。

刀身を染めていた緋色が、スウッと、静かに……抜けていった。

まるでそれを待ち構えていたかのように、どこからともなく、声がした。

【エリアボス《神造炭成獣フェンコール》が討伐《とうばつ》されました】

【CHRONICLE　QUEST　CLEAR！】


歓声が爆発した。

生き残ったプレイヤーたちが拳や武器を突き上げ。

パブリックビューイングの客が揺れるように沸き。

配信画面のコメント欄が壊れそうなほど加速した。

目の前にウインドウが現れる。フェンコールのドロップ品と、クロニクル・クエストの報酬が、一緒に表示されていた。

フェンコールからは……ラストアタック・ボーナスで《神造黒曜石》ってのがドロップしている。武器の素材か何かか？

エリアボス——それもクロニクル・クエストに関わるボスのLAボーナスともなれば、それはもう凄《すさ》まじい貴重品だ。規約違反だが、もしリアルマネートレード《RMT》に出せば数万は下らない。

それで作れる武器となると……。

生唾《なまつば》を飲み込みかけた俺だが、いやいや待て待て。これはいったん後だ。

俺はクロニクル・クエスト報酬に目をやった。

【貢献度《こうけんど》ランキング：1位】

【MVPおめでとうございます！】

そのメッセージの下には、目を見張るような報酬の数々がずらずら並べ立てられている。

い……1位？　マジ？　後から来たぽっと出なのに？

「——せーんぱいっ！　1位おめでとうございますっ！」

「うわっ⁉」

チェリーが後ろから勢いよく肩に飛びついてきた。

コケそうになったのを堪《こら》えて、後ろを振り返る。

「お前、何位だったの？」

「9位ですね。フェンコールに与えたダメージはさほどでもありませんし」

「俺が1位でいいのかなあ……坑道の攻略にも参加してないのに……」

「弱気にならないでくださいよ。あのときの勢いはどうしたんですか？　なんでしたっけ、ほら……『来いよワン公。魔神サマの代わりに、お前を寝かしつけてやる』」

「お前バカにしてんだろ！」

「ぶふっ！　あ、あんなにカッコつけといて完全スルーされ……ぶふあははははっ‼」

「そこイジるか普通⁉」

「見てくださいよこれ。トレンドに『来いよワン公』」

「あああああもう死にたい‼」

MVP獲《と》ったのになんでこんな辱《はずかし》めを⁉

「はーっ……はーっ……あー笑った。じゃ、そろそろ始めましょう先輩。《緋剣》でラスアタ取ったんでしょう？」

「おう。そうだな。忘れないうちに」

クエストクリアと同時に、人魂になっていたプレイヤーも全員復活していた。

それぞれウインドウを見て、ドロップ品やクエスト報酬を確認しているところだ。

パンパン！　とチェリーが手を叩いて、彼らの注目を集めた。

「えー、皆さんご存知のことと思いますが、こちらのケージさんがまたしても《緋剣》とかいうチート技でラストアタックを取ってしまいましたー」

「チート技言うな」

「つきましては！」

チェリーが無視して進行を続けたので、俺も仕方なくインベントリから《神造黒曜石》を引っ張り出す。ソフトボールほどもある黒光りする石だった。

「この場で今すぐ！　恒例のＬＡボーナス争奪ジャンケン大会を開催したいと思いまーす！　奮《ふる》ってご参加くださーい！」

「「「「おおおっっっ‼」」」」

フェンコールを倒したときに勝るとも劣らない歓声が湧き起こった。

《緋剣》はその性質上、使えばＬＡボーナスが簡単に取れる。なもんで、俺たちは波風を立てないため、《緋剣》を使ってラスアタを取ってしまったときは、ジャンケンでその報酬の受け取り先を決めることにしていた。

無論、俺自身も参加する。

勝てば誰も文句を言えまい！

「では《ジャンケン王》を起動します！　このソフトと一斉に勝負して、負けた人は座ってください！　行きますよー！　じゃーんけーん――――」

そうして、すでにボス亡き戦場で、悲喜交々《こもごも》の熱い闘いが繰り広げられた。

欲望渦巻く闘いは数十分続き――

俺が繰り出した渾身《こんしん》のグーがパーに捻《ね》じ伏せられたときには、とっくに日付が変わっていた。

TIPS 30

魔剣再演（リ＝フレードリク）

ユニークウエポン《魔剣フレードリク》を装備しているときのみ使用できる体技魔法。残存MPをすべて消費するうえ、86400秒ものクールタイムが設定されている。

使用中はAGIが倍になる他、魔法流派が《フレードリク流》へと切り替わり、5枠あるショートカットの内容がすべて専用の体技魔法へと変更される。

効果時間は何もしなければ10分程度だが、専用魔法を使用するごとに短縮される。残り時間が短縮時間を下回っていたとしても、専用魔法の使用自体は可能。

●《第一魔剣・緋剣（ヒケン）》

主観時間を限界まで加速し、5秒だけ時間を停止させる。

時間停止中の攻撃は時間が動き出した際に一斉にダメージ計算される。それと同時に、時間停止中に別の専用魔法を使用していた場合、《魔剣再演》が終了する。

また、時間停止中に移動していた場合、発動時の位置に戻る。

●《第二魔剣・紅槍（コウソウ）》

真紅のオーラを槍のように伸ばす中距離技。

●《第三魔剣・朱砲（シュホウ）》

真紅のオーラを砲弾のように射出する遠距離技。

●《第四魔剣・赫翼（カクヨク）》

翼のように広げた真紅のオーラを崩し、雨のように降り注がせる空中技。

●《第五魔剣・赤槌（セキツイ）》

真紅のオーラを巨大な破城槌のようにして打ち込む突進技。

第20話　朝起きたら隣で女の子が寝ていた

　エントランスで待っていたブランクとウェルダが、俺たちを見るなり駆け寄ってくる。

　六衣《むえ》に跨《また》がり、旅館に戻ってきた頃には、俺もチェリーもふらふらになっていた。

「ただいまですー……」

「ただいまぁー……」


「やあ！　見ていたぞ君たち！　大活躍だったな！」

「ウェルダも見てましたっ！　こんな時間なのに、全然眠くならないですーっ！」

「おお……」

「ありがとうございまひゅ……」

「なんだ君たち、超眠そうだな」

「なんか疲れて……」

「気が抜けたっていうか……」

「うむ。今日は休むといい。わたしたちももう休もう」

「うーっ。興奮して寝付けませんーっ」

「はっはっは。大丈夫大丈夫。わたしが学生の頃に書いた小説を読み聞かせてやるからな」

「それなら眠れそうですっ！」

ヴァーだのうぁーだの言語化不可能な返事をして、俺たちは2階に上がった。

どうにか自分たちの部屋を探し当てて、中に入る。

部屋には二組の布団《ふとん》がぴったりとくっついて敷かれたままだ。

俺はそれに吸い寄せられていき、ぱたんっと倒れ込んだ。

「はあー……」

「先輩……寝る前にちゃんと着替えないと」

「うえー？　めんどくせー……」

「メニュー操作するだけですから……」

あ、そうだった。現実じゃないんだった。

のろのろと手を動かし、装備画面を開いて、浴衣《ゆかた》に変更する。きらきらっと身体が光ったかと思うと、緑っぽい色合いの浴衣に早変わりした。あー……楽……。

「邪魔です先輩」

げしっと蹴り転がされた。桜色の浴衣に着替えたチェリーだった。

俺をどけたチェリーは、布団の中にもぞもぞと入り込む。

「はふー……」

あまりにも安心した声を出すので、俺も隣の布団に潜《もぐ》り込んだ。はふー……。

「予想外にいろいろあった1日でしたねー……」

「ああ……」

温泉クエストをやりに来たのに、なぜかお化け屋敷めいた廃旅館を探検することになり、六衣と戦って、チェリーと温泉に入って、エリアボスと戦うことにもなって……。

「ふふっ……」

チェリーの声がいやに近く聞こえたので隣を見ると、こっちを見て笑っていた。

布団の中からちょこんと出した手で、口を覆《おお》っている。

「なんだ？」

「『来いよワン公』」

「まだそれで笑ってたのか……」

「でもね……先輩」

不意にタメ語を零《こぼ》したチェリーの声は、眠気で半分溶けていた。

「あのとき……守りに来てくれて……やっぱり、私……私ね、ほんとうに……」

声が尻すぼみに消えていき、チェリーの大きな瞳が瞼《まぶた》で塞《ふさ》がっていく。

結局、言葉はついぞ続かず、……そのまま、静かな寝息を立て始めた。

「……真理峰《まりみね》……お前さあ……」

思わず本名で呼んで、俺はこっそり囁《ささや》く。

「……たまに、可愛すぎるぞ……」

「――ふふっ。やっと気付きました？」

ぱちりとチェリーの目が開いた。

……………こ・い・つ…………っ‼

「そうですよ……私、とっても可愛いんです。だから…………」

かすかに微笑みながら、チェリーは布団の中でもぞりと手を動かして、俺の手を握る。

「……………ぜったい、ぜったい、離さないでくださいね、先輩」

「ん……おう……」

限界だった。睡魔に負けて、瞼を閉じる。

すべすべしたチェリーの手を感じながら――俺は、深い眠りに落ちた。


チュン、チュン、チュン、と小鳥の声がする。

朝か……。…………。……………。……ん……？　なんか、ベッドの感じが違うな……？

いや……ああ、そっか……。昨夜《ゆうべ》は、ＭＡＯの中で寝たんだ……。フェンコールを倒して……ジャンケン大会をやって……。それから……。

「……すう……すう……」

健《すこ》やかな寝息が聞こえた――すぐ耳元から。
そういえば、なんか、あったかい。
あったかい何かを、抱き締めている。
そのうえ柔らかくて……なんだこれ、すげえ気持ちいい……。
「……んっ、あふ……」
甘い匂《にお》いがする。
これ……何の匂いだろう。不思議と、ずっと嗅《か》いでいたいような……。
「んにゃっ……んふふー……」
あと、この妙に幸せそうな寝息は……？
――あれ？　俺、何を抱き締めてるんだ？
寝起きの頭が、ようやく覚醒してくる。
瞼をゆっくりと開けた。
視界の下のほうに、何かピンク色のものがあった。
チェリーの頭だった。
俺は、なぜか、チェリーを胸に抱き締めていた。
「………………」
あ、あれー？　こんな寝方したっけー？

眠る直前の記憶が、徐々に復活してくる。なんか、すげー恥ずかしいやり取りをしていた気がするが……その記憶が確かなら、俺たちはただ、手を握り合っていただけのはずで……。

じゃあ、なにこれ。寝相？　無意識？

身を離そうとしたが、背中に回ったチェリーの腕に、きゅっと捕らえられてしまっていた。

布団の中で、浴衣からこぼれた素足が絡《から》まり合っている。

すべすべした感触が、太腿《ふともも》の内側とふくらはぎに擦《こす》れて――

あー、現実じゃなくてよかった！　VRのアバターでよかったー！

現実で、朝で、この状況だったら……ほら、その……絶対大変なことになってた！

俺はどうにか、ほんの少しだけ身を離し、チェリーの健やかな寝顔を見下ろした。

そのさらに下には、少し乱れた浴衣の襟元《えりもと》があり、……なだらかな白い双丘《そうきゅう》が、垣間《かいま》見えている。決定的な部分が見えていないから規制もなかった。

……思ったよりあるんだな。なんていうか、手のひらに収まるくらい？

ごくりと唾《つば》を飲む。

……よし。とりあえずスクショを撮ろう。

メニューを開いてスクショ機能を呼び出す。レンズ代わりの四角いウインドウを覗《のぞ》き込み、アングルを決めた。寝顔と胸元がどっちも写る感じで……よしよし。

これは画像フォルダの奥のほうに仕舞おう――そう思いながら、俺はシャッターを切る。

――カシャッ！

あああああ⁉　思ったより音がでかかったあーっ‼

「……ん……？」

もぞりとチェリーが動いて、薄く瞼が開いた。

全身に嫌な汗がだらだらと流れる。

「んん……？　なに、今の音……。……ふぁ？　せんぱい……？」

「お、おはよう」

ぼんやりとした目でこちらを見上げてきたので、挨拶《あいさつ》をした。挨拶は大事だからな。

「え……？　っと……？　あっ、そっか、MAOの中で……。あれ……？　だったら、さっきの……カシャッ、……って…………」

寝ぼけ眼《まなこ》が徐々に知性の輝きを取り戻していく。

俺の顔を見上げ――自分の胸元を見下ろし。

かあっと、チェリーの顔がイチゴのように染まった。

「い……い……今の……お、音……す、スクショ……？」

ほんとコイツ頭いいな！

チェリーはバッと慌《あわ》てて浴衣の襟元を閉じ、俺の顔を睨《にら》み上げる。

涙目で、顔が真っ赤だった。

「と……撮ったんですね……？　わ、私の寝顔と……た、谷間、撮ったんですね……⁉」

「いや──……谷間というか窪《くぼ》みというか……」

「すぐにけせすぐにけせすぐにけせすぐにけせすぐにけせすぐにけせすぐにけせすぐにけせすぐにけせすぐにけせすぐにけせすぐにけせすぐにけせすぐにけせすぐにけせすぐにけせすぐにけせすぐにけせすぐにけせ」

「こわい‼」

チェリーは俺の首を両手で摑《つか》んで、ぐわんぐわんと揺さぶってくる。

「ダメですっ‼　ダメですよ先輩‼　この世に一度でも存在した画像は決して消滅しないんですから‼」

「いやいや大丈夫だからネットに流したりしないから‼」

「個人的に楽しむだけですか⁉」

「個人的に楽しむだけです！」

「楽しっ……⁉　わっ、私の画像で何する気なんですかっ‼」

「何もしなっ……しないし！　ちょっと混乱してるぞお前！」

朝からそういう話題はちょっとカロリーが高いです！

「すうっ……はあああ……」

チェリーは深呼吸をした。俺の首を摑んだまま。

それから、落ち着いた様子で、静かに言う。

「……見せてください。撮った画像」

「は、はい……」

俺はウインドウを裏返して他人にも見えるモードにし、チェリーに差し出した。

チェリーは俺の首を放すと、自分の寝顔とはだけた胸元の画像を難しい顔で検分する。

そして、しばらくの沈黙ののち。

「…………いいです。別に」

「は？」

ぼそりと、聞き取りづらい声で言われたので、俺は反射的に訊《き》き返した。

「だから、別にいいです！　このくらいなら！　消さなくても！」

「え？　……ま、マジで？」

チェリーは赤い顔をふいっと横に逸《そ》らす。桜色の髪が翻《ひるがえ》り、甘い匂いがした。

「……ネットに上げちゃダメですよ。他の誰にも見せないでくださいよ。先輩だけがたまに見て、ニヤニヤするだけにしてくださいよ」

「ニヤニヤなんてするか」

……するかもしれない。正直な話。

「代わりに」

チェリーは、少し朱の引いた顔で、再び俺の目を見た。

「もう1枚撮りましょう。せっかくですし。記念ですし。その……今度は、二人で」

「お……おう！」

俺たちは布団から抜け出した。

現実と同じで、ムラームデウス島も季節は冬だ。冷気が浴衣だけの身体を刺した。

広縁に移動すると、窓からナイン山脈の雄大な景色を望むことができた。

縦横《じゅうおう》に走る峡谷に、複雑に折り重なる稜線《りょうせん》。それらの向こうに広大な海が垣間《かいま》見え、朝日で宝石箱のようにきらきらと輝いている。

「おっ？」

「どうしました？」

「見ろよあそこ。もう線路の敷設《ふせつ》が始まってる」

「あっ、ほんとですね。昨日の今日なのに仕事が早い……」

フェンコールとの戦いを勝利で終えたことで、ここら一帯は新たな人類圏となった。止まっていた時が動き出し、文明が歩みを再開する。

こうして、世界は発展していく。

そうして、歴史が紡《つむ》がれていく。

少なくとも、北の果て――《精霊郷》に辿《たど》り着くまでは。

「ここでいいでしょう。窓際《まどぎわ》に立ってください」

「おう」

「はい先輩、ピース！」

「いや、いいよ……。なんかハシャいでる大学生みたい……」

「お情けで撮ってもらったぼっちみたいになるよりはマシですよ」

「お前ひどいこと言うな！」

「じゃあ撮りますよ！　3、2、1――」

「うあっ⁉」

ぐいっと腕を抱き寄せられた瞬間、カシャッとシャッター音が鳴った。

スクショウインドウを見て、「ふふふ」とチェリーは満足げに笑う。

「この驚いた顔。見事な間抜け面《づら》です」

「お前なあ……！」

「先輩だって私の恥ずかしい写真撮ったんですから、おあいこでしょう？」

それを言われると言い返せない。

「ほら、先輩にも送ります。いい写真が撮れてよかったですね？」

「はいはい、ありがとうございます」

送られてきた写真を見る。

チェリーが俺の左腕を抱き寄せながら笑っていて、俺は驚いて間抜け面を晒《さら》していた。

……まあ、いい写真なんじゃねえの、そこそこ。

「お腹空《なかす》きましたね。いったんログアウトします?」

「そうだな……。そのあとキルマの村に温泉届けに行くか」

「ブランクさんとウェルダちゃんにも声かけないとですね。起きてるといいんですけど」

チェリーは寝室を横切っていく。寝乱れた布団を素足で踏み越えて、

「あ、そうだ、先輩」

ちょうど布団を間に挟む形になったところで、こちらに振り返った。

悪戯《いたずら》っぽく笑いながら、後輩は言う。

「このアバター、顔だけじゃなくて身体もリアル準拠《じゅんきょ》ですからね?」

否応《いやおう》なく、なだらかな白い谷間と、それを収めた画像の存在が思い出された。

……ああくそ、耳が熱い。

くすくすくす、と笑い声がした。

「可愛いですねー、先輩は!」

桜色の髪を翻らせ、チェリーは再び背を向ける。

が、その瞬間、髪から覗いた彼女の耳が赤くなっていたのを、俺は見逃さなかった。

……自爆戦法やめろよな、馬鹿。

第21話　キスは上書きセーブできる

一度ログアウトして食パンと目玉焼きだけの朝食を手早く平らげると、私はすぐにMAOに戻り、ブランクさんたちにキルマの村に戻ることを話した。

ブランクさんたちは、まだしばらくこの旅館に滞在するつもりのようだ。曰《いわ》く、

「温泉旅館に長逗留《ながとうりゅう》って、なんか作家っぽい！」

「わかりますよ先生っ！」

ということらしかった。

いかにも浅い発言だったけれど、まあRPGって役割を演じるゲームって意味だし、そういう意味では他の誰よりもRPGをしている二人だと言えなくもない。女将《おかみ》である六衣《むえ》さんも喜んでいたし、余計な口は挟むまい。

二人はキルマの村でクエストの終了を見届けたら、自分たちだけで旅館に戻るつもりらしい。エリアボスが倒されて人類圏になると、モンスターの好戦性も下がる。むやみやたらに襲ってくることがなくなるので、もう護衛は必要ないだろう。

「それじゃあ六衣さん、ありがとうございました」

私たちは旅館——恋狐亭《れんこてい》の玄関で、六衣さんに別れを告げた。

私たちはクエスト報酬を受け取ったら、そのままフロンティアシティに帰る。六衣さんとはここでお別れだった。

六衣さんは登場当初の女王様キャラが嘘みたいな優しい顔で、にっこりと笑った。

「うん。いや、わたしのほうこそありがとう。フェンコールを倒してくれたおかげで、安心して旅館をやっていけそうだし」

「いい旦那さんが見つかるといいですね」

「え？　……ああ、うんうん、そう！　お客さんがいっぱい来たら出会いがね、そう、いっぱいだから！　そうそうそう！」

……いま思い出したみたいに言ってるけど。

私が胡乱《うろん》な目を向けていると、喪狐《もぎつね》女将はなぜかもじもじと手を擦《す》り合わせた。

「でも、……あの、そのう……」

チラチラと上目遣《うわめづか》いで先輩の顔を窺《うかが》う。

心なしか、自分の二の腕で豊かな胸を寄せ上げている気もする。

嫌な予感がビシバシとした、まさにその瞬間だった。

「んっ！」

六衣さんが先輩の腕を引っ張って――その頬に、唇を当てたのだ。

もう一度言う。

先輩の、頬に、唇を、当てたのだ！

それは一瞬の出来事だった。六衣さんは唇を離すと、赤い顔で先輩を見て、「えへ」と誤魔化すようにはにかむ。

「たまには、泊まりに来てね？　今度は部屋二つ用意するから！　ちゃんと！　ねっ！」

「お、おう……」

先輩は恥ずかしさより驚きが先に立つのか、目を白黒させていた。

「わーお。貴様、なかなかやるな六衣よ」

「ひゃあーっ。積極的ですーっ」

六衣さんはぎゅっと握っていた先輩の手をパッと放すと、顔を手で覆《おお》ってぴゃーーっと逃げていく。

けれど、私の目には、まださっきの光景が焼きついていた。

頬に。頬にキスって。中学生？　いや小学生？　何百年も生きてるくせに恥ずかしくないのかな。ああ恥ずかしいから逃げたのか。そうだよね。今時頬にキスなんて――

「先輩」

「あ？」

私は、先輩の腕を引っ張っていた。

その身体が傾《かし》いで、顔が私に近付き――次の瞬間。

目に焼きついた光景と寸分違《たが》わぬ位置に、自分の唇を当てた。

「…………⁉　…………っっ⁉⁉」

先輩は私の唇が触れたところを確かめるように触りながら、目を見張って私を見る。

「はっ！　あははははっ！　う、上書きしてやりましたっ！　あっはははははっ‼」

残念でしたぁーっ！　これでこの日の記憶には私しか残りません！　ざまあみろーっ‼

ぐうの音《ね》も出ない先輩を指差して高笑いしていると、ブランクさんがぶくぶくぶくーっと泡を噴いて倒れた。

「せっ、せんせーっ⁉」

「こ、濃すぎる……。あまりに、思春期濃度が……！　人類には早すぎたんだ……‼」

「お、お二人とも……！　多少は手加減してくれないと、せんせーが、せんせーがーっ‼」

そんなこんなありつつ、私たちは旅館を後にした。

また折を見て遊びに来よう。これからはナイン坑道の先が最前線になる――それなら、この旅館を拠点《きよてん》にして攻略に臨《のぞ》むのもアリだろうしね。

以前はおサルさんの霊に案内された獣道《けものみち》を抜ける。道中、森の中で何匹もの猿がウキャウキャと鳴いていた。猿の言葉なんてわからないけれど、私には感謝しているように聞こえた。

きっと以前のように、エサさえ用意すれば、彼らが旅館まで案内してくれるのだろう。

そして今度は、六衣さんも来訪者を歓迎してくれる。

あの温泉に、多くの人々が浸《つ》かるのだ。

先輩と二人で入った湯の感触を、頭上に広がった星空を、思い出す。

……ちょっと惜しいなあ。

なんて、別に思わないけれど。

あのとき見上げた星空を、私はきっと、二度と忘れることはないのだろう。


キルマの村は、昨日に比べて多くのプレイヤーで賑《にぎ》わっていた。

今までこの村はクエストNPCが数人いるだけの場所として、あまり重要視はされてこなかった。だけど、この辺りが人類圏になったことでNPCショップが建ち、有用さが大きく変わったのだ。NPCショップは最も簡単な回復ポーションの入手手段だから。

攻略後のナイン坑道を狩り場にするプレイヤーにとっては、この村は重要な拠点になるだろう。今はまだ掘っ立て小屋ばかりだけれど、きっとこの風景も数日で様変わりするに違いない。

人が行き交う通りを抜けて、村長邸の玄関ベルを鳴らす。程なくして扉が開き、栗色の髪を大きな三つ編みにした少女が現れた。温泉クエストの依頼者である、村長の娘さんだ。

それを見て、また先輩が少しだけ目つきを変える。

「……先輩？」

「ぐえっ」

「すごいな君ら。昨日とまったく同じやり取りだぞ」

まったくもう、見境がないんだから。……今度、三つ編みやってみようかな。

4人で中に迎え入れられ、瓶に入った温泉を差し出すと、少女は手を叩いて喜んだ。

「ありがとうございます！　これできっと父も元気になります！」

少女はベッドに臥《ふ》せる村長のもとに行き、瓶の温泉を飲ませた。

効果は覿面《てきめん》だった。臥せっていた村長は唐突に跳ね起きて、ベッドの上で筋骨隆々《りゅうりゅう》の肉体をもりっと盛り上がらせたのだ。

「ふははは！　漲《みなぎ》る！　漲るぞおお‼」

……あの温泉、ヤバいやつなのでは？　私たち、入っちゃったけど大丈夫なの？

「本当にありがとうございました！　これ、お約束の品です」

ウインドウが現れ、クエストクリアの文字と共に報酬品が列挙される。

事前に聞いた通りの武器強化素材と、もう一つ――

「……《写真立てのレシピ》？」

家具や小物を簡単にクラフトできるアイテムだ。こんな報酬あったっけ？

村長の娘はにこにこと笑って、

「お二人なら活用していただけると思いまして」

「お二人……？」

私たちは後ろのブランクさんとウェルダちゃんを振り返った。私たち、４人パーティだよね？　クエストを受注したときも４人だったはずだし……。

首を傾げる私と先輩に、村長の娘はにこにこと言う。

「ぜひ、お二人の思い出を飾っていただきたいと思ったのです。ささやかですが、どうか私にも祝福させてください」

「へ？　俺たち？」

「祝福ってなんのことですか……？」

「ゆうべの星は綺麗でしたね」

村長の娘は繋《つな》がっているような繋がっていないような台詞《せりふ》を述べた。

星？　ゆうべ？　昨夜、星を見たのなんて、温泉に入ったときくらい——

「「あっ」」

これ……もしかして……男女で混浴したときにだけもらえる条件付き報酬アイテム……？

バターン！　と、背後でブランクさんが倒れる音がした。

「完全カップル向け報酬だとぉ……!?　運営ぇ……貴様ぁあああっ……!!」

「ああーっ！　せんせーがっ！　せんせーが暗黒面にーっ!!」

全部あなたのせいでしょうがラブコメの伝道師！

エピローグ　ゲームという名の物語

無事クエストをクリアできた俺たちは、村長の家を出た。

ここで解散だ。

俺たちは汽車に乗ってフロンティアシティに帰り、ブランクたちは六衣《むえ》の旅館に戻る。

俺たちも旅館には遊びに行くだろうし、二度と会えないということはないだろう。

だが、ムラームデウス島は広い。数十万人というアクティブプレイヤーの中で、誰かが誰かと出会うというのは、それだけで極小の確率なのだ。

だからってわけじゃないが、フレンド登録をした。

これでいつでも連絡が取れる。今回みたいに一緒に遊ぶことだって簡単だろう。

いや、っていうか、この二人と一緒に戦闘したこと、結局一回もなかったけど。

「なんだかんだで楽しかったです。ありがとうございました」

「ああ。わたしもだよ。君たちと一緒にいるのはとても愉快だった」

チェリー、俺と順番に、ブランクと握手を交わす。

ウェルダがぴょんぴょん跳ねたので、同じように握手をした。

「今回のことも小説にするのか？」

「するかもしれんな。そのときは連絡させてもらおう」

「……勝手なこと書かないでくださいよね」

「ふふふ。さて、どうだろうなあ。勝手なことを書くのが作家の本分だからして」

アマチュアのくせに本分とか言ってんじゃねえよ。

欠片《かけら》作家ブランクは、白衣の裾《すそ》を翻《ひるがえ》して背を向ける。

「この世界に脇役はいない。誰もが主人公であり、誰もが物語《カケラ》を持っている。セカイを構成するカケラをな」

なんかモノローグり始めた。

白と黒が入り交じった長髪を揺らし、ブランクは肩越しに不敵な笑みを見せる。

「わたしはフラグメント・マイスター。カケラを拾い集める者。——さらばだ、主人公たちよ。君たちのカケラが、良き形にならんことを」

ウェルダを引き連れ、白と黒の後ろ姿は、旅館があるほうへと消えていった。

それを最後まで見送って、チェリーがぽつりと言う。

「謎めいた人……で、いいんですかね?」

「ただのわけわかんねえ奴ってだけの気もするが」

でも、確かにそうだ。

この世界に脇役はいない。誰もが主人公だ。

初心者も、上級者も、ＮＰＣでさえ、自分だけの物語を生きている。

それらが集まり、組み合わさって、ＭＡＯという巨大な世界を作るのだ――

「帰りましょうか、先輩」

「おう」

俺たちは駅に向かって歩き出す。

仮想世界に集まって、未知のクエストに挑戦して、くだらないことを言い合って、笑って、怒って、ドキドキすることもあったりして――

――そんな刺激ある日常が、俺たちの物語だ。


「ただいまー」

「ただいまですー！」

誰が待っているわけでもないのに、玄関に入るなり二人揃《そろ》ってそう言った。

本当に住んでいるわけでもない、倉庫のために作った家だが……帰ってきてみると、なんだかんだで安心するもんだ。たった1泊の旅だったのにな。

ぼふっと、チェリーがソファーに倒れ込む。

「はー。やっぱりこのソファーが落ち着きます……」

「すっげー高かったからな、それ……」

商人プレイヤーから買い取った品なのだ。クラフトスキルの熟練度も低かったし、レシピも持ってなかったしで、誰かから買うしかなかった。

「ほれ、ちょっと詰めろ」

「うえー？」

ソファーを占有していたチェリーを押しやって、空《あ》いたスペースに座る。

……ふう。人心地ついた。身体が疲れてるわけじゃないんだが。

「今日はこのまま解散か？」

「ですねー。学校は休みですけど、私、予定入ってるんです」

「予定？」

「遊びに行くんですよー。レナさんとかとー」

「あいつとか」

あいつ、友達といるとき何喋《しゃべ》ってるんだろうな。カップリング語りしてる図しか想像できないんだが。

「……じゃ、俺はリアルの冒険者会館覗《のぞ》いてくるかな。エリアボス倒したからなんか変わってるかもしれん」

「うへー。現実でも仮想でもＭＡＯ漬けですねー」

「やかましい。道中は位置情報ゲーやっとるわ」

「うへえー」

冒険者会館ってのは、その名の通りプレイヤーの集会場なんだが、ＭＡＯ内だけではなく現実にも存在する。武器や防具、回復薬なんかの買い物が現実にいながらできて、あとたまにゲーム内には売ってないものが売ってたりする。当然、店内にはＭＡＯプレイヤーしかいないから、まあ、常設されたオフ会場ってところか。

「……あ、そうだ。よっと」

「うおい」

チェリーが俺の肩に摑《つか》まって身を起こした。

ぽすんと隣に座って、メニューを開く。

「あれです。写真立て。せっかくなんで作ってみましょうよ」

「素材あんの？」

「余ってるやつで充分ですね。……はい、できました」

ぼんっと小さく煙が出て、チェリーの手のひらに写真立てが現れた。

茶色い木組みのそれを、チェリーは色んな角度から眺める。

「へー。結構いいですね。かわいい」

「かわいい……？」

女子のかわいいの定義はちょっとよくわからない。

「ちょうどいいじゃないですか。あのスクショ、これに入れて飾っておきましょうよ」

「え？　スクショ……って、どっちの？」

「ばっ……二人で撮ったほうに決まってるじゃないですかっ！」

「いだっ！」

結構強めに肩を叩かれた。

いや、まあ、そうだわな。自分の寝顔&胸元写真を家に飾る奴はいない。

あんまり使った記憶がないが、撮ったスクショを写真に現像する機能があったはずだ。えーと……あ、あった。

「よし、できた。ほれ」

「………………」

「いや、そんなに確認しなくても二人で撮ったほうだから」

手渡された写真を、チェリーは写真立てに収めた。

置く場所を探して部屋を見回し、壁際《かべぎわ》の棚に目を留める。ソファーから移動して、その上にことりと置いた。

「おー。いいじゃないですか。家っぽいです」

「家っぽい、っていうか……」

旅館で浴衣《ゆかた》のツーショット写真が飾ってあるって、ただの家じゃなくて、新婚夫婦とか同棲《どうせい》カップルの家っぽいんじゃ——と思ったが、口には出さなかった。誰か他人を家に上げたら超速で誤解されるだろうが、そのときは倒して隠せばいいわけだし。

写真の中の俺とチェリーは、自分で言うのもなんだが、楽しそうだった。

俺はしみじみと言う。

「いい旅だったな」

「ですね。またどこか行きましょうか？」

「いいな。同じような感じで旅館が隠れてるかもしれねえし」

「ついでに誰も手を付けてない端のほうのエリア制圧しちゃいましょうよ。教都エムルからずーっと東に行ったところとか、地味にモンスター強いらしいですよ」

「いいじゃん！　でもその前にナイン山脈の新エリア見ときたいよなー」

一つ終えたばかりなのに、もう次の話に花が咲く。

友達だの仲間だのカップルだの、言い方はいろいろあるが。

それ以前に、やっぱり俺たちはゲーマーだった。

温泉旅行編：繋いだ手だけがここにある　おわり

Magick Age Online

TIPS 31

最強カップルのイチャイチャVRMMOライフ

この小説のこと。《マギックエイジ・オンライン・クロニクル　冒険者たちの聖戦》および《マギックエイジ・オンライン・クロニクル　リアンゲルスの少女》で主役格となったプレイヤー、ケージとチェリーの日常が、本人たちからの綿密な取材を元に描かれる。WEB小説投稿サイトで連載されていたが、後にダッシュエックス文庫（集英社）より書籍化。

小説としてまとめる上で、作者による脚色・編集が行われているが、二人の会話や空気感については極めて本物に忠実である。とはいえ、本作は飽くまで小説であるので、本作の内容と現実を混同して本人たちに迷惑をかける行為はご遠慮願いたい。

ちなみに、書籍化が決まったことを本人たちに報告したところ、それぞれ以下のようなコメントを頂戴したので、紹介しておこう。

●ケージ
せめてタイトルを変えろ。

●チェリー
この作品はフィクションであり、実在の人物とはまっっっっっっっっったく関係ありません!


そうは言いつつ出版の許可を出してくれた二人に、心から感謝の意を表する。

まあタイトルを変える気はないがな!

The strongest Couple flirting VRMMO LIFE

その部屋は、まるで御伽噺《おとぎばなし》の中だった。

パステルカラーで統一された壁紙に調度品。クリスタルのテーブルにはケーキスタンドが置かれ、焼きたてのスコーンや色とりどりの飴玉《あめだま》が皿の上に溢《あふ》れ返っている。

そのうちスコーンの皿を、サーコートを纏《まと》った騎士が恭《うやうや》しく手に取った。

運んだのは、天蓋《てんがい》付きのベッドである。

薄い紫色のヴェールに囲まれたキングサイズ。その上にふさふさのぬいぐるみが山積みになっており、それに埋もれるようにして、小さな少女が座っていた。

蠱惑《こわく》、という言葉が形を取ったかのような少女である。

体格は小学生にも見える小柄さで、顔つきは童女めいてあどけない。にも拘《かかわ》らず、胸に抱いたサメのぬいぐるみは、二つの膨《ふく》らみの中にすっかり埋もれてしまっていた。そのアンバランスな肢体《したい》を、青と紺を基調としたフリルだらけのロリィタ服で覆《おお》っている。

ロリィタ服はパーティードレスのように大きく胸元が開いていたが、しかしその肩から羽織ったレースのケープが、まるで勿体《もったい》ぶるかのように柔肌を透かし見せるに留《とど》めていた。

その意地悪さの一方で、ベッドの上にふわりと広がったスカートには、まるで裾《すそ》をたくし上げるかのような形で左足側に大きな切れ込みが入っており、黒いガーターベルトが白い太腿《ふともも》をセクシーに這《は》う様子をあえて覗《のぞ》かせている。

騎士がスコーンの皿を差し出すと、少女は小さな手を伸ばしてひとつ摘《つ》まみ取り、小振りな唇に運んだ。さくさくとスコーンを齧《かじ》り、指に付いた欠片《かけら》を小さな赤い舌でぺろりと舐《な》める。

その間、宝石を嵌《は》めたようなつぶらな瞳は、目の前の動画から微動だにしなかった。

「……ふう～ん。また大活躍だったんだね、チェリーちゃんってばぁ」

その声は、ケーキスタンドに溢れたどの菓子よりも甘く、舌ったらず。耳に入れるだけで脳《のう》髄《ずい》の芯が痺《しび》れるような、魅惑の塊《かたまり》。

少女はベッドの脇に立った騎士の男を見て、「あっ」と慌《あわ》てたように両手で口を塞《ふさ》いだ。

「文句があるわけじゃないよぉ？　すごいな～って思っただけ！　ミミ、ゲームうまい人好き～♪」

おお……、と騎士が感嘆《かんたん》の声を漏《も》らした。

少女が不意に見せた笑顔が、とろけるように愛らしかったからである。

「……でもね」

しかし。

芸術的なその笑顔も、すぐに薄れて消えてしまう。

「いつまでもいつまでも、付き合ってもいない男の人にべったりして、彼女ヅラしてるのはどうなのかな～……って……思ったりして？」

ぷしゅっ、と。

少女が触っていたサメのぬいぐるみのヒレが、強く握り潰《つぶ》される。

「そういうのって、なんて言うんだっけ～？　あっあっ、言わないでね？　自分で思い出すから！　え～っとぉ……」

ことり、と可愛らしく小首を傾《かし》げる。

カチューシャを付けた黒い髪が、さらりと揺れた。

パチパチパチ！　と、ベッドのそばに控えた騎士たちが拍手をする。

「……あっ、思い出したぁ！『びっち』って、言うんだよね～！」

「ありがと～♪　ミミ、ビッチさんって、あんまりよくないと思うな～。だからぁ……」

少女はサメのぬいぐるみを抱き寄せて、その頭で口元を隠す。

ゆえに、その唇が嗜虐《しぎゃく》的に歪《ゆが》んだのを、騎士の男たちは見ることができなかった。

「……そろそろ、渡してくれないとね？　ミミのケージ君を……♪」

少女の名はミミ。

この城、そしてこの国、《プリンセスランド》の主《あるじ》。

彼女こそ、ＭＡＯ最大級クラン《聖ミミ騎士団》の『女王』にして、有史以来、最大規模のオタクサークルを作り上げた究極の『姫』。

人呼んで《ＵＯ姫》。

《アルティメット・オタサー・プリンセス》と渾名《あだな》される少女である。

ダッシュエックス文庫

最強カップルのイチャイチャVRMMOライフ
温泉旅行編：繋いだ手だけがここにある

紙城境介

2019年12月25日　第1刷発行

★定価はカバーに表示してあります

発行者　北畠輝幸
発行所　株式会社　集英社
〒101−8050　東京都千代田区一ツ橋2−5−10
03（3230）6229（編集）
03（3230）6393（販売／書店専用）03（3230）6080（読者係）
印刷所　株式会社美松堂／中央精版印刷株式会社
編集協力　梶原　亨

ISBN978-4-08-631345-2 C0193